U0041731

雖然血淚，我還是喜歡翻譯

我的書桌、女兒、老狗，還有那些療癒我的日本大作家

權南姬
(권남희) 著

李煥然
譯

귀찮지만 행복해 볼까

翻譯家血淚推薦（依照姓氏筆劃順序排列）

王華懋（日文譯者）

讀著權南姬的散文，時而新鮮，時而心有戚戚焉。看她細細點數工作、家人，以及生活的美好，如此幸福的譯者生涯，哪裡會血汗呢？

王蘊潔（資深日文譯者）

之前我寫那本翻譯的書時，就曾經聽一位做版權的朋友說，韓國也有一位譯者寫了翻譯的「血淚」和翻譯的「幸福」，得知她的作品即將推出中文版，我只想大喊——我好想看！

石武耕（英法文譯者）

權南姬前輩的這本隨筆，猶如溫度恰到好處的撫慰——就像理想的譯文轉述原作一樣，謙遜而坦率地轉述了她的譯者生活。「啊，前輩也是這樣呢。」由是感到鼓舞，而且想再去一次鎌倉。

吳季倫（日文譯者、文大中日筆譯培訓班講師）

循著譯者揮汗墾闢的路徑，我們得以覓得作家隱微的情感與思想。曾經遙遠而陌生的世界，豁然化成一片親切又明晰的風景。

張桂娥（東吳大學日文系副教授、日文譯者）

感謝翻譯家權南姬前輩熱情分享她長達三十多年的「麻煩又幸福的翻譯人生」！幽默詼諧的敘事風格；坦率真誠的自我觀照，讓讀者近距離體驗這位「做翻譯的歐巴桑」如樹懶般「竭盡全力地認真生活著」的「血淚」悲歡歲月紀實。視自己為最大敵人的南姬前輩，在道盡譯界人生甘辛苦樂的同時，也不吝傳承自身勇於挑戰而積累的豐碩美好經驗。這是一本療癒台灣譯者的暖心隨筆，值得拜讀，收藏品味啊！

陳家倩（台大兼任助理教授／資深電影字幕翻譯師）

光看書名就心有戚戚焉，因為我也是過來人，但你問我「家倩同學妳幸福嗎？」就像作者權南姬，「其實本人很幸福啊！」看完本書會讓你在有心理準備下，心甘情願當個「快樂勞工」。

葉佳怡（譯者／作家）

看了權南姫的書，我更深信，當譯者的人一定都有被虐狂！本書完全呈現了譯者趕工時各種自說自話的腦洞大開，明明需要跟世界保持安全距離又忍不住的一次次心軟。帶著這樣的認知，再看她如何用翻譯的那支筆去書寫女兒和老狗，似乎也多了一份悲壯但又無比細膩的通透。

楊明綺（日文譯者）

翻譯確實燒腦，往往付出的心血不見得與報酬成正比，本書作者卻樂在其中，我也是。一如初心對待每本作品，出於本能的喜歡；先感動自己，才能夠感動別人。我想，這就是工作的醍醐味。透過作者的誠摯文字，感受麻煩又幸福的終極目標吧。

詹慕如（中日文口筆譯者）

一位自稱「做翻譯的歐巴桑」、「溫暖」是最大特色的資深譯者，用詼諧、自嘲的文筆敘述自己「看似平靜又波瀾萬丈的人生」，也許沒有太多所謂「譯界幕後祕辛」，但讀完之後實在很難不喜歡上這位老愛拿自己（跟女兒）開玩笑的大姐。

廖柏森（師大翻譯研究所教授、暢銷翻譯教科書作者）

南韓知名譯家權南姬三十年譯三百本書，留下令人尊敬的背影。而她這本分享翻譯人生的散文集不僅會扣動國內翻譯同行的心弦，也能療癒喜愛文字人士的心情。為「譯」消得人憔悴而終不悔，其實血淚只是表象，喜歡翻譯才是自在舒心的幸福！

鄭煥昇（譯者）

作者實現了我的夢想：寫書折磨其他譯者。我有個理論：譯者的人生一秒幾十萬上下——我是說腦袋裡的想法——本書證明了我是對的。容我笑著推薦給有志當譯者，有志當更好的譯者，跟單純想看譯者在想什麼的每位讀者。

劉曉樺（譯者）

想去翻譯作品中的城市旅行，但顧及截稿日和實在稱不上豐厚的稿費，最後還是作罷——果真就是如此呢。除了許多感同身受的生活經驗外，書裡也充滿權南姬老師令人會心一笑的誠實心聲和與女兒的有趣互動，溫暖又療癒。

望著茫茫大海的某個人，還有橫越那片大海的某個人，
希望能對他們產生一絲幫助，於是我投入了寫作。

目次

第二章 雜談

第四章　孩子的心是無法翻譯的

第五章　我上報紙了

第六章　偶爾也要享受一下世界

前言

事實就是事實

某天，有個出版評論家如此說道：「原本想對一個希望以翻譯為志業的人推薦《在翻譯界死去活來》[1]，但我實在做不到。」我問他「為什麼呢？」他說因為那本書建議大家不要進翻譯這行。

呃……事實就是事實。

但諷刺的是，也有很多人在讀了那本書之後產生了從事翻譯的想法。我

1　作者的前作。《在翻譯界死去活來》，마음산책，二〇一一。

同樣問他們「為什麼呢？」他們異口同聲如此說道：「雖然她說自己賺不到錢，所以建議大家不要進翻譯這行，但本人看起來卻十分幸福，讓人也想嘗試翻譯的工作。」

這也是一樣，事實就是事實。

我曾經讀過某位後輩譯者的文章，寫到關於她投入翻譯的契機。故鄉在馬山的她，輾轉於許多城市生活過，最後因為大邱帶給她最多幸福，而稱大邱為自己的故鄉。有一天，熟人說這是「妳的同鄉所寫的書」，就把《在翻譯界死去活來》推薦給她。原本覺得翻譯和自己世界毫無關係的她，抱著不情願的心情拿起了書，卻似乎迷上了我一邊翻譯一邊快樂度日的模樣，隨後馬上去報名了翻譯學院，開始用功讀書，據說現在已經翻譯了好幾本書，踏上了翻譯家之路。「因為一個小小的謊言而相遇的書，改變了直到二十九歲、都無法決定未來方向的我，這本書就是《在翻譯界死去活來》。」我的視線在這句話上停留了許久。竟然有人是讀了我的文章而決定自己的出路，而且還堂堂正正地站穩了腳跟，真是令人感動。

小時候的我是個沒有存在感的孩子，甚至從世界上消失也不會有人發現。家庭、外貌、性格都毫無存在感可言，是個即使人就在那裡，也跟不存在沒什麼兩樣的孩子。除此之外，就是隨波逐流的一個普通小孩、一個普通的青少年。這樣的我成為大人後，翻譯了近三百本書，還有人看著這樣的我而懷抱夢想，真是一大勝利。唯一喜歡的事，也是唯一會做的事就是自己的職業，能夠身處在如此得天獨厚的境遇，大概要歸功於過去的我，一邊寫作和讀書，堅強地活過了那段沒有存在感的時光。

雖然我在沒有什麼前輩可以當榜樣的歲月裡，到處跌跌撞撞，一路開疆闢土走到這裡，但我也下定決心，要當個可靠的前輩，讓看著我的背影投入翻譯的後輩們，無論何時都能踩著我的背往上爬才行。

在我所翻譯的書中，譯者後記的末尾都會提到我那一歲一歲逐漸長大的女兒貞夏，一晃眼她已經從大學畢業，成為擁有優秀學歷的求職生了。然而在步出學校的孩子們面前展開的，只有像丁若銓[2]被流放到黑山島時茫茫大海般的未來。「想要的東西都能到手，想做的事都能順利成功，啊！大韓民國」[3]這願景何時才會到來也遙遙無期。既無法對孩子們說出「加油！」這種有氣無力的安慰，也無法說出「會順利的！」這種沒責任感的鼓勵。漠不關心的話，怕他會不開心；過於關注的話，怕他會有負擔；給予建議的話，怕他會不耐煩；嘮叨的話，又怕他會受傷。我就是這樣小心翼翼。

然而，就算不努力也不激烈，只要不斷堅持活下去，似乎任何事物都終將到手。從黑山島望著茫茫大海而生活下去的丁若銓，不也收穫了《茲山魚譜》嗎？即使不追隨那樣的偉人，也有像我這樣的人。

望著茫茫大海的某個人，還有橫越那片大海的某個人，我希望能對他們產生一絲幫助，於是我投入了寫作。

2 韓國朝鮮時代學者、天主教徒，朝鮮著名思想家丁若鏞的兄長。在「辛酉迫害」（政府鎮壓天主教事件）中遭流放至黑山島，流放期間編寫了韓國最早的海洋生物百科圖鑑《茲山魚譜》。

3 出自韓國歌手丁秀羅的歌曲《啊！大韓民國》中的一段歌詞。

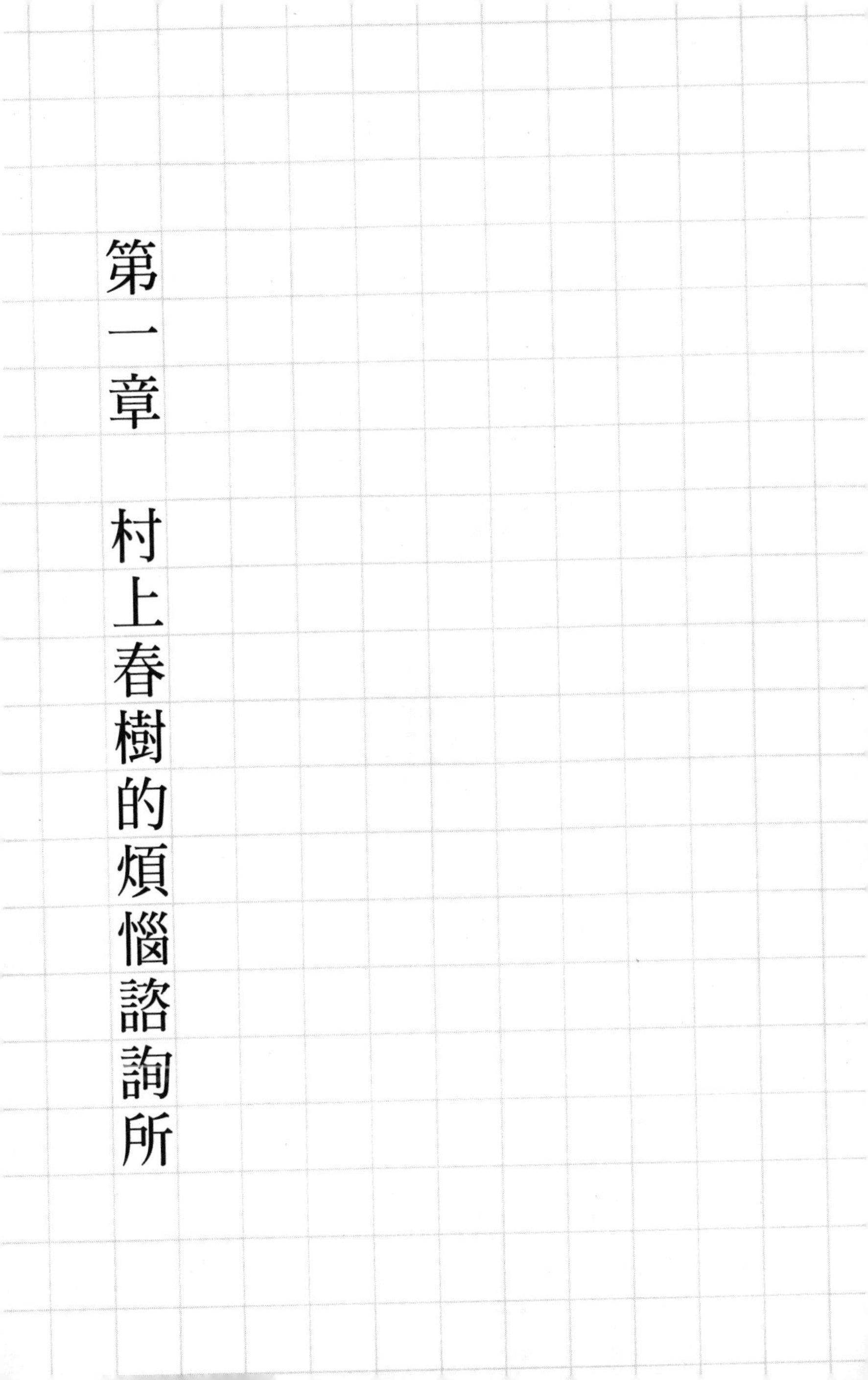

第一章　村上春樹的煩惱諮詢所

村上春樹的煩惱諮詢所

就在大學錄取名單即將公布之際，女兒貞夏突然聊起了這個話題。

「如果有個人說他沒有大學註冊費，想要借五百萬韓元，那我們即使去貸款也應該借給他嗎？」

這就跟「如果中了樂透頭獎，我們要怎麼辦？」如此稀鬆平常的對話沒什麼兩樣。雖然不太可能發生，但如果真的遇上了我們又會怎麼做呢？即使這只是個假設，根本不可能發生在超老實的我們母女倆身上（因為不會去買樂透），對於樂透獎金的用途還是免不了一番爭執。

儘管這個問題不可能發生，但我們一下子就認真了起來。

「哎呀，所以我說，雖然錢是絕對不能借給他的，但是因為我很清楚進大學得要花費多少努力，明明考上了卻因為沒有錢不能去讀真的好可憐……。」

與軟弱又脆弱、不善於算計的我截然不同，理性又冷靜、對於經濟觀念理解得十分透徹的貞夏如此說道。於是就這樣，我們得出了「畢竟這是關係到一個人一生的問題，即使去貸款也應該要借給他，不是嗎？」如此美麗的結論，反正身邊也沒有人會向我們提出借五百萬這種要求。

……正當我這麼想的時候，過了三天，某個朋友傳來了KakaoTalk[1]訊息，稍微寒暄問候了一下後，他如此說道。

「可以借我五百萬嗎？」

Oh My God!

1 在韓國使用率最為普及的通訊軟體，相當於在臺灣及日本流行的LINE。

是聽到了我們母女倆前幾天的對話嗎？對於要把錢用在什麼地方我也沒有多問，我知道他小孩也參加了大學入學考試，也明白他的家境不是很好，我想其用途也是不言而喻。我和朋友開始對話才過了十分鐘，就用手機申請保單借款匯了五百萬韓元給他。這種情況是必須借給對方的，這件事在幾天前就已經作出了結論，但是我也對朋友說：「你要知道這筆錢是我貸款來的錢，所以每個月要給我利息，本金的話你有錢隨時還我就好。」

哎呀，明明是貸款借錢給別人的傻瓜，還如此裝模作樣。

溫暖又愚昧的KakaoTalk對話，在龐大金額的一來一往之間結束後，我終於清醒了。

我到底做了什麼呀？明明我家小孩也馬上就要上大學了，我竟然還不惜貸款去借錢給別人。聽說朋友之間若發生了金錢往來，只會落得人財兩失的下場。「這全都是因為大家覺得我經手那麼多翻譯工作，所以錢也賺了很多的緣故吧！」我開始像這樣胡亂推卸責任給其他不認識的人。隨著時間流逝，因為借錢的事，內心漸漸變得沉重，就像把五百萬換成五百塊面額的銅板揣在心裡走路一樣。由於是不知道何時才能回收的錢，所以我試圖努力忘記此事來讓自己好過一點，但最後並沒有成功。與朋友發生了債務關係也讓人感到好不自在。

正好「村上春樹的煩惱諮詢所」在此時開張了，無論是任何問題，只要上傳自己的煩惱，村上春樹就會從中挑選並給予回答。換句話說，就是「向村上春樹自由提問」的一個網站，當然這是以出版為目的而開設的。

既不保證會挑到我的問題，我也沒有想過要聽到答案，只是這個問題一直困擾著我，在我腦海中揮之不去，所以某天凌晨工作到一半，我就上網去寫寫看了。雖然寫得我好像日本人一樣，但現在想想，郵件地址其實是韓國的帳號。

我借了朋友五十萬日圓，那是我貸款借來的錢。

然而並沒有回收的可能性，我也說不出「把錢還我」這種話。

因為在借給他的時候，我跟他說有錢再還我就好。

我應該抱持什麼樣的想法才能讓自己心裡好過一點呢？

沒錯，我的煩惱並非如何收回款項，而是該怎麼做才能讓自己心裡好過一點。煩惱諮詢所在大概半個月內湧進約三萬七千四百六十五則提問，其中村上春樹作出了三千七百一十六則回答，機率是百分之十。我那倒霉的手，每次玩「再來一次」總是抽不中，根本沒有想過會被選上。但是有一天，一封名字寫著村上春樹的郵件寄來了！

借錢給朋友似乎很少會有好結果。只能從一開始就抱持著直接給他的想法吧！以前如果有熟人要我借錢給他，我會拿出其中幾分之一的錢，然後跟他說「全額是有點困難，不過這點錢你就收下吧，不用還沒關係」。我在開店的時候，向朋友借了非常多錢，全部都連本帶利還清了。嗯，儘管這是理所當然的事。借出去的錢，要是回得來的話那就太好了。

村上春樹　拜上

哎呀，早知道會被選中的話，應該要說聲「我是翻譯你作品的韓國譯者」，然後寫些有用的問題才對。何時才能有機會和村上春樹進行直接的交流，僅此一次的機會就這樣被我意外錯過了。

言歸正傳，就像村上春樹所說的，也正如世上人們所想的那樣，把錢借給朋友並沒有得到什麼好結果。雖然我可以勉強跟朋友一起承受負擔，但是對於那種把負擔丟著又音訊全無的朋友，我實在沒有繼續把對方當成朋友的雅量，不過這也讓我多了一段小故事能夠投稿，我想利息也算是充分拿到了。

題外話：「村上春樹的煩惱諮詢所」收集了其中四百七十三則問題及回覆，並以《村上先生的所在》（村上さんのところ）為名出版，當然在紙本書上並沒有刊載像我這種平凡的問題，但據說在電子書裡有將三千七百一十六則答覆全數收錄。

村上春樹與諾貝爾文學獎

去年和今年，村上春樹都一如既往成為諾貝爾文學獎的強力候選人，以二〇一九年為準的話，已經連續十四個年頭了。在諾貝爾文學獎公布之後，十四年來全日本的新聞頭條都一模一樣。

「很遺憾，村上春樹今年也無緣獲得諾貝爾獎！」

從多次表示自己對諾貝爾獎沒有興趣的村上春樹立場來看，此事似乎是不小的困擾。不過俗話也說了不是嗎？「如果經常放屁的話，就會拉出屎。」他遲早會得獎的吧。

或許是因為我翻譯過幾本村上春樹的書，每到諾貝爾文學獎公布的時候，我也會接到一些聯繫。畢竟他得獎了也無法採訪到當事人，無魚蝦也好，就想請譯者來說幾句話。尤其是二〇一六年特別誇張，當時許多人都相信諾貝爾獎已是村上春樹的囊中之物，我既有廣播節目的出演邀請，報社的採訪邀約也蜂擁而至，在那之後也不斷有人來詢問，對我而言簡直是一場惡夢。要對著電話另一端的人，在不講錯話的前提下誠惶誠恐地拒絕，著實讓我吃足了苦頭。

在未確定是村上春樹之前就這樣了，如果他真的得獎了，又會湧進多少邀約呢？我又該怎麼全部拒絕呢？要把手機關掉嗎？還是要改成自動應答呢？「不好意思，我對於村上春樹一無所知。」

然而那一年出乎大家預料，由巴布．狄倫（Bob Dylan）獲得了諾貝爾文學獎。

村上春樹沒有獲獎，這讓我感到很高興，當然不是因為我對他懷恨在心，只是我不喜歡接受採訪，也不想把諾貝爾獎送給日本而已。

在我正開心的時候，看到了巴布．狄倫獲獎新聞下某人所寫的留言，結果不禁大笑了起來。

「飯[2]，恭喜你拿到諾貝爾獎。」

你的摯友　湯　敬上

2「巴布」的韓文譯名為「밥」（Bap），其韓文寫法及讀音皆與單字「飯」相同。此處應該是根據韓國人在吃飯時也會喝湯的習慣，說明「飯」和「湯」是老朋友了。

村上春樹的心許之人

安西水丸是以繪製村上春樹書籍插圖而聞名的插畫家。兩人過去在村上春樹寫小說又同時經營爵士咖啡館時，在店裡認識的，以工作上的同事和摯友身分共度了三十餘年。

幾年前，安西水丸突然過世的時候，村上春樹在追悼文中如此描述他：「我為數不多的心許之人。」村上春樹十分怕生，能與他以摯友的身分度過那麼漫長的歲月，可見是多麼合得來的人，然而這兩個人除了喜歡書、音樂和電影這些共通點以外，其他方面都是完全相反的。

舉例來說，春樹很喜歡燙衣服，簡直可以說是他的興趣，所有衣服他都會拿起來燙過再穿。相反地，水丸則喜歡皺巴巴的舊衣服，買了風衣就穿著去洗澡，把全新的衣服變成舊衣服來穿，在他的字典裡沒有燙衣服這回事。

嚴重偏食的兩人，村上春樹非常喜歡蔬菜，安西水丸則是一提到蔬菜就十分厭惡，還會一邊說「那種雜草怎麼可能吃得下去啊」。

眾所周知，春樹過著規律的生活，是個到了晚上九點就鑽進被窩的乖乖牌。但是，水丸卻總是在太陽下山後，沉浸於夜晚的世界，大口暢飲至爛醉如泥，這就是他的風格。據說他也經常趴著睡在銀座的路上（這位和酒有關的英勇故事可謂無窮無盡）。

村上春樹如果有一個月份的連載，他會在一個星期內全部完成，接著剩下的三星期就像無業遊民一樣玩樂。安西水丸則像個工作狂，據說一整年玩樂的日子恰恰只有春節的三天連假而已。

兩人的年齡差了七歲（安西水丸較為年長），即便如此，色彩鮮明的兩人依然親密地相處了很長一段歲月。

要說有多親密的話，在村上春樹的小說中，處處都有安西水丸的本名渡邊昇登場的身影。短篇〈象的消失〉[3]裡的大象飼育員、〈家務事〉[4]中妹妹的男朋友是渡邊昇。《挪威的森林》[5]的主人翁「渡邊徹」也是這個名字稍微變形過的產物。有著渡邊昇出場的小說，則由渡邊昇繪製插畫。

這樣的摯友在工作過程中倒下，兩天後就因腦溢血過世了。我在聽聞他突如其來的離世消息時雖然感到震驚，卻先擔心起「村上春樹先生該怎麼辦呢？」

在他去世之後，看到在村上春樹出版的新書中（話說回來，這本書就是前面提到的《村上先生的所在》）陌生的插畫，才真正感受到安西水丸已經不在這個世上了。村上春樹清爽的文字和安西水丸恬淡的插畫可說是天作之合。

3 村上春樹著，張致斌譯，〈象的消失〉，《麵包店再襲擊》，時報出版，一九九九。
4 村上春樹著，張致斌譯，〈家務事〉，《麵包店再襲擊》，時報出版，一九九九。
5 村上春樹著，賴明珠譯，《挪威的森林》，時報出版，二〇〇三。

村上式的正面思考

在地鐵車站裡，我聽到有人叫了聲「小姐」，就下意識地回頭看，雖然已經不是個被叫小姐需要轉身的年紀，只是因為出現聲音而回頭罷了。我和那個（確實是在）叫我的大嬸對到了眼，她擺出一副吃到屎的模樣看著我的臉。看起來大我沒幾歲的大嬸直勾勾地打量著我，令人尷尬，過了一會兒她終於開口了。

「往上往十里[6]的地鐵要在哪裡搭？」

哇，我還是第一次見到有人一邊問路一邊不耐煩的，我不是年輕小姐是這麼讓人反感的事嗎？平常有人向我問路的話，我會在我所知的路徑中竭盡所能為對方指路，但我對於這種人真的很敏感。我正打算說一聲「不知道」

接著掉頭就走，卻又改變了主意。因為當時翻譯村上春樹的散文好一陣子了，受到他正面思考的影響，那是我舉世無雙最正面的時期。儘管對於在哪讀到的記憶有些模糊，但特別是村上春樹的這段話，簡直正能量滿點。

如果新聞文化版上刊載了批評我的小說或人格的文章，雖然我的心情不會太好，但總比以性侵犯或什麼罪犯的身分被刊登在社會版上要好吧？

沒錯，她看到我的臉被嚇到了又如何，至少她把我的背影看成了小姐，這不是很值得感謝嗎？這麼一想，我的臉上就浮現了笑容，聲音都變得纖細

6　位於首爾地鐵二號線上的地鐵站。

了。然而在我盡心盡力親切地告訴她之後，再看了她一眼，她就咻一下走掉了。天啊，就算是村上春樹先生，遭遇如此倒霉的感受，在這種狀況下也很難保持正面吧！對這種沒長腦袋的人發動正面能量又有什麼用，當下我便許願，希望她搭的每一班地鐵都會誤點。

日本編輯送給我的書

某年冬天，岩波書店（日本的出版社）的編輯楢林小姐寄給我一封郵件，說她很愉快地讀完了我的書《在翻譯界死去活來》，希望去韓國時能和我見上一面。她同時也是我翻譯的書日文書編輯。我們相約在建大入口站我住的附近見面，一邊吃吃喝喝一邊盡情暢談，簡直忘卻時間的流逝。她連我用韓文寫的書都讀完了，韓語實力自然是十分優秀的，聽說東京一旦有韓國出版社出席活動時，都是由她來負責口譯。

臨別之際，她送了我一本書作為禮物，是三浦紫苑的《啟航吧！編舟計畫》[7]。據悉，三浦紫苑為了執筆取材這部小說，曾在一段時間內數度拜訪

7　三浦紫苑著，黃碧君譯，《啟航吧！編舟計畫》，新經典文化，二〇〇三。

岩波書店。書中內容講述辭典編輯部製作大辭典的故事，其實岩波書店正好有日本語辭典中最受信賴的《廣辭苑》編輯部。楢林小姐在書中讀到了我喜歡三浦紫苑，所以帶來了她的最新作品，真是讓人開心的禮物。

比起愉快地著手閱讀，看到新書的第一個反應首先會想到「版權呢？」這算是我的職業病吧？我心想既然是三浦紫苑的作品，版權應該已經賣出了吧？但調查了一番後卻發現依然懸缺著。那一瞬間我存疑地想：「三浦紫苑的新作怎麼會這樣呢？」但讀了書以後我才頻頻點頭道：「啊啊，原來如此。」

如上所述，這是辭典編輯部的人們花了足足十五年製作國語大辭典的故事，必須逐個翻譯與韓文存在著微妙差異的日文語感，這實在太困難了，況且這是一部製作日本語辭典的故事，韓國的讀者們會覺得有趣嗎？

我跟一位要好的編輯提起了這本書，他如此說道。

「我去年讀過的書中，這本書是最棒的。但對於應該如何翻譯和編輯，一直沒有想法，所以遲遲不敢提報。」

這麼說來，這是一本連資深編輯都放棄的書。

心裡想著「如果收到了這本書的翻譯委託該怎麼辦呢？」對於一本並未受到委託的書而煩惱的我，沒過多久就拋下了這份依戀。過了一兩個月後，別說是翻譯委託了，就連是哪家簽下的消息也都沒聽到。哎呀，果然出版社們全都放棄了啊！

正當我這麼想的時候，這本書獲得了「本屋大賞」[8]。比起直木賞[9]，

8　日本重要文學獎項之一，一年一度由全國書店店員擔任評選者，經過兩輪投票選出「最想銷售的書」。

9　日本大眾文學的代表獎項，每年頒發兩次，與「芥川賞」並稱為日本文學界的最高榮譽。

最近本屋大賞的作品有更受歡迎的趨勢，甚至總計十部的候選作品全都會被翻譯出版，大獎作品應該也會由某家出版社拿下才對。究竟是哪家出版社拿下，又會推出什麼樣的翻譯呢？正當我好奇得牙床發癢之際，我的天啊！有人向我傳來了翻譯委託，當時在收到禮物以後已經過了十個月。「如果我收到了翻譯委託該怎麼辦呢？」儘管腦中有過無數次這樣的想法，卻沒得出一個結論。收到委託是很開心沒錯，但對於一本非常有可能虧本的書，我實在不敢隨便答應。於是我保留了回答道：「我再讀過一遍之後聯繫您。」

應該已經有人讀過這本書了，雖說到頭來還是由我承接了翻譯，但並不是因為我有自信可以翻譯得很好，而是覺得這本書如此戲劇性地來到了我手上，也是一種命運。我想對於這本書最為熟悉、也最感興趣的譯者就是我了，整個工作過程意外開心，果然三浦紫苑的文字很對我的胃口，不輕浮、不沉重又才華洋溢。雖然當我翻譯著要寫在辭典裡的詞彙時，有種漂流於茫茫字海中的感覺，但找到相應詞彙時的快感也很巨大。

帶著如此原委而出版的《啟航吧！編舟計畫》一上市，書名就風光地印在大型書店的暢銷書專區上，即使經過了好幾年，至今仍持續作為一本優秀的小說膾炙人口。

李東鎮的紅色書屋

在如今已經結束的廣播節目〈李東鎮的紅色書屋〉上，要錄製關於我翻譯的小說《紙之月》[10]的那天，我受到編輯的邀請生平第一次前往廣播節目參觀。一如字面上的意思，就只是在錄音室前面觀賞而已。節目由電影評論家李東鎮先生與作家金重赫先生進行，我一面讚嘆「這兩位都好厲害啊」一面聆聽著，接著在編輯的帶領下於休息時間去打招呼。很喜歡金重赫先生散文的我如此說道：「我有寫過老師的書評！」接著在現場用手機把書評給他看，還真是不知分寸，非得要在剛見面就拿給對方看嗎？在那之後的慶功宴上，我們有了這樣的對話。

「您和某位演員長得很像耶！」

「是外國人嗎？」

「沒錯，是茱莉・蝶兒（Julie Delpy）。」

「偶爾會聽到有人說我和她長得很像。」

哎呀，我這個歐巴桑臉皮還真厚。茱莉・蝶兒小姐，真是對不起。

「您翻譯了哪些作家的書呢？」

李東鎮先生如此問道。噢！還真是不可思議，只有在媒體上才看得到的人正在跟我說話。雖然我應該像個中堅翻譯家優雅地回答，卻心口不一地囁嚅著「啊……啊……」變得結結巴巴、支支吾吾了起來。據說得過諾貝爾文學獎的小說家大江健三郎在小學三年級時，老師問他：「如果天皇陛下要你

10 角田光代著，權南姬譯，《紙之月》，예담，二〇一四。

切腹的話你會怎麼做？」他對於這個問題一下子答不出來，說著「啊……啊……」結果被打個半死。當時他無法回答的理由並不是煩惱要不要切腹，而是在思考「天皇陛下怎麼會認識我，然後叫我切腹呢？」同樣地，我之所以無法立即回答李東鎮先生的問題，是因為我擔心「我把我翻譯過的日本作家名字講出來，他會認識嗎？」我絕對不是瞧不起這位閱讀家，而是因為我知道他不太讀日本小說。看吧！他不是不認識我嗎？連我是翻譯許多日本文學的譯者這件事，聽說也是熟人跟他講的。

一邊說著「啊……啊……」一邊思考的同時，腦中旋轉浮現出那段時間翻譯過的無數作家之名。這個作家應該認識吧？那個作家應該認識吧？幾經思考的結果，好不容易擠出了一個不可能不認識的作家名字。

「村上春樹我也有稍微翻譯一些……。」

回到家我又想了想，針對這種問題要做好準備，應該把我翻譯過很多作品的作家一一列出來才對。但是說到「很多」，要翻譯幾本以上才算是「很多」呢？我煩惱了好一陣子。直到現在過了好幾年，還是沒能製作出這份清單。截至目前為止，我翻譯過最多的作家是村上春樹、益田米莉和小川糸。

美式咖啡與新鮮果汁

益田米莉的《永遠的外出》[11]，是她在父親因癌症去世後，發表的第一部散文集。由於她父親在她的作品中經常出現，就如同自己朋友的爸爸那般親近，所以當我翻譯到他過世的故事時，還是忍不住鼻酸，稍微一個不注意，連眼淚都嘩啦嘩啦地潰了堤。明明是如此悲傷的氛圍，翻譯到一半，我卻在出乎意料的地方發出了一聲「欸?」接著停下了我的手。

益田米莉去探望因癌症住院的父親時（益田米莉住在東京，她的父母則住在大阪），詢問父親有沒有什麼想吃的東西，父親說他想吃餅乾。於是益田米莉連忙趕去雜貨鋪，找到了父親平常喜歡吃的兩種餅乾，她為了哪一種才是父親比較喜歡的品項煩惱了好一陣子。就是這一幕！我絲毫無法理解她的煩惱。

「兩個都買不就好了嗎？」

一般而言，病人（而且還是不知何時會過世的父親）說想吃餅乾的話，不是應該會大買特買，以把整間店買下來的氣勢掃貨嗎？不管是對身體好的或不好的、能吃的還是不能吃的，全部都想買給父母親，這正是兒女之心。她所煩惱的餅乾分別是一百七十日圓和一百七十八日圓，用韓國的餅乾來舉例的話，就是把ACE和HARVEST擺在面前煩惱的程度。當然，她不是因為捨不得花錢才只買了一個，這也讓我重新意識到兩國民族性的差異，日本喜歡稀缺的東西，韓國則喜歡豐盛的東西。

11 益田米莉著，權南姬譯，《永遠的外出》，이봄，二〇一八。

我也曾在她的漫畫小品中，看到令我「欸？」這樣的場面。益田米莉和朋友們一起去了咖啡廳，各自點了切片蛋糕，各自吃著自己的東西，並不會試圖跟對方分享，儘管心裡在想要不要讓對方吃一口，最終只出現自己要開動了的對話。

我在有日本朋友的LINE群組上，拍下了這一頁給他們看，詢問日本人和朋友們是不是都這樣吃東西的。「雖然沒有特別注意過，但仔細一想好像是這樣，韓國不是這樣嗎？」他們反問道。

「在韓國，基本上兩個人要吃的話，會點一份分著吃，三個人要吃的話，常常會點兩份分著吃，即使是各自點的也會一起吃。」

後來，其中一個朋友跟我說，每次和其他人在咖啡廳吃切片蛋糕的時候，她就會想起這件事，開始問起其他人「要不要吃一口我的？」難道以前是因為不懂得分享，所以都沒有這麼做嗎？這就是一種「我不會給你吃，也不會想要吃你的」的精神嗎？儘管這種缺乏人情味的舉止跟我的體質不合，但我尊重他們的民族性。

還有一個故事也非常有趣。雖然在日本都是各付各的，然而編輯和作家見面時，似乎還是由編輯付錢，因為那也不是編輯自己的錢，而是使用法人卡[12]。有一天，益田美莉和編輯會面時想喝柳橙汁，但是才初次見面就點高價位的果汁有點不好意思，於是就改點了咖啡。接著在回家的路上，她終究還是想喝柳橙汁，所以又去了趟咖啡廳。

雖說故事有些不一樣，但在村上春樹的散文中，也出現自己點了咖啡，編輯卻叫了聖代，讓他感到很無奈的片段。當然在這裡並不是價格的問題，

12　由公司名義申請授權給員工用以支付公務支出的信用卡。

而是在洽談工作的座位上，桌子也很狹窄，選擇像聖代這麼複雜的東西喀滋喀滋地吃，真是不識相。我在翻譯這些趣聞軼事時，也不禁撲哧地笑了出來。因為我沒辦法喝咖啡，所以和編輯見面時常常都是點果汁，站在編輯的立場而言，反正都是刷法人卡，無論是果汁或是任何東西大概都無所謂，但是在對方點美式咖啡的情況下，說自己要喝新鮮果汁，還是有些不好意思。所以說，不管對方用的是法人卡還是他個人的卡片，我希望能隨心所欲點自己想要的，然後由我來請客，這樣心裡也比較舒服點，不過常常會被編輯極力阻止就是了。

雖然膽小但還是有生氣的時候

這個職業最大的優點，就是不太會遇到蠻橫不講理的人，編輯無論是言詞還是文字都彬彬有禮，非常客氣。也可能是因為我的經歷比較長，不過回想新手時期，也沒有因為是菜鳥而被無視，或是感到痛苦的記憶。在這個世界上，我最喜歡的職業群就是編輯，即使是初次的信件往返也富含感情，就算是初次見面也能開心地促膝長談。

但無論是任何時候都會有例外，雖說是很久以前的事了，我曾經因為一位編輯的舉動而大動肝火。我是一個有點做作的人，除了家人以外，對於外人即使生氣，也幾乎不會表現出來，況且對方是編輯的話，更必須好好忍耐。因為和那個出版社的合作也要結束了，所以我忍了第一次、第二次，但韓國人果然還是會在第三次爆發，到了第三次，我再也忍無可忍，傳了一封郵件指出了三次錯誤。她似乎也不是故意的，就只是個不曉得自己那種行為很沒有禮貌的人罷了。

當然我在送出郵件後，內心還是很鬱悶。果然還是應該繼續忍耐下去吧？我是不是沒有必要說這種話？我是不是不該把自己的情緒表現出來？不對，還是說，我不該為了這種程度的事情就生氣呢？還是因為在那段時間裡，我已經適應了既親切又彬彬有禮的編輯，所以對於些微的冒犯太敏感了呢？

生性膽小的我，最後還是把矛頭指向了自己。後來編輯傳來了道歉郵件。說這是個圓滿的結局其實也不然，在我與這位素未謀面的編輯之間，留下了像山一樣的隔閡，也留下了「事到如今這個出版社也不會再委託我翻譯了吧？」如此現實的問題。

這個編輯是如何憑藉那種心智在公司生活的呢？竟然有本事不被炒魷魚繼續上班？我陷入了這樣的疑問裡，不知不覺滿腦子都在思考這個編輯的事。

工作上，

太能幹了。

遊戲結束。

校對看得很仔細，漏譯的部分也事先翻譯得相當到位。一面看著校樣，我怒不可遏的心也如雪一般融化，當下充滿了感激之情。

畢竟這是很久以前的事了，現在的她大概已經成為彬彬有禮又老練的編輯了吧？正如同現在的我，也不會像以前一樣那麼做……啊！好像不是那麼一回事。

海鷗食堂的她

這是以《海鷗食堂》[13]聞名的小說家——群陽子的故事。

據說群陽子小時候父母非常窮，父親想成為畫家，是個趨近於無業遊民的自由工作者，幾乎沒有收入，母親則做針線活，過著勉強餬口的生活。整天待在窄小的家有些不好意思的父親，經常會去公園打發時間。某天天色漸暗之際，父親揹回了一隻又老又病的狼犬，聽說是有人把牠綁在樹上，然後又不來找牠。

13　群陽子著，劉子倩譯，《海鷗食堂》，時報出版，二〇一四。

不過一個巴掌大的單間房裡（據說大小是四張半榻榻米，可以想像成是一個狹窄的單人房面積），躺著一個小寶寶，針線活要用到的衣料和碎布四處散亂，連人可以坐下來的地方都沒有。就這樣把生病的老犬，況且還是隻狼犬帶回這樣的地方；牠不能坐，只能躺著。

看到父親背上的龐然大物，母親雖然大吃一驚，但幸好她是個愛護動物的人，於是把壁櫥的東西拿出來，堆放在房間裡，在裡頭鋪上被子幫牠做了一間狗屋。這個情況不是人的家裡有狗，而是狗屋裡有人，單間房在一瞬間變得烏煙瘴氣。小寶寶因為狗蚤而全身發癢，日復一日地嚎哭著，父親依舊是個無業遊民。

兩個月後，狼犬過世了。據說她的父母一面哭著，一面用兩條床單的其中一條將牠包裹了起來，埋葬在一個陽光充足的地方。

群陽子的這篇散文（收錄於《貓咪的通訊錄》[14]）非常精采。我想群陽子就是因為在這段懂得將動物視作一個主體的孩童歲月裡，於這般心性的父母照顧下成長，才能寫出如此溫暖的小說吧！但我也並非僅僅看了一段小故事就妄下判斷。群陽子非常討厭自己的父親，父親既無能又暴力、貧窮又只顧著自己外表光鮮亮麗，是個只懂得過享樂生活的自私鬼。母親為了兒女不停忍耐，一直到群陽子滿二十歲就立刻離婚了。離婚後的母親依然繼續工作，群陽子也跑去打工，大學畢業後找到工作，生活過得比以前更加寬裕。她的弟弟也從優秀的大學畢業，在一間好公司就職，站穩腳跟安定了下來，再加上原本在職場上班的群陽子出道成為作家，逐漸走紅，這一切總算苦盡甘來，轉化作幸福的開端……看起來好像是這麼一回事，但此時她的母親卻

---

14 群陽子著，權南姬譯，《貓咪的通訊錄》，해냄，二〇一九。

好似要彌補過往的遺憾般，開始窮極奢侈之能事，一個月五千萬韓元、八千萬韓元，數目讓人難以置信的付款通知單如雪片般飛來，最後更纏著說要買房子，於是她只好拿出所有存摺，無論有錢的沒錢的都翻出來，還不惜貸款買下了房子給母親。結果母親和弟弟住在那間房子裡，連備用鑰匙都不給她，真是個兒子控媽媽，此時群陽子終於對母親說出「我才不想跟你這樣的人埋在同一塊墓地裡」，就此宣告斷絕了關係。

她將這樣的家庭故事寫在了自己的散文中，也說今後會持續寫下去。「大家過著幸福快樂的生活」這種結局，只能在週間連續劇或週末偶像劇的結尾看到的，不是嗎？現代家庭就像朝著崩解前行的共同體，因此請不要悲觀地認為別人家都和樂融融，只有自己的家支離破碎。不管是哪個家，只要推開門進去看看，都難免有腐敗之處。

不要留下誤會離開

我收到了譯者校樣，在最後一章的譯者後記裡，編輯寫了「老師，您還會再幫我們多寫一點對吧？」，這句話微妙地不順眼，是在說「妳譯者後記只寫到一半而已吧？再給我多寫一點！」的意思嗎？我明明已經完成原稿了呀！或許是為了不令我感到不高興才這麼說的，但這反而害我更加不悅。把要點簡單陳述會比較好吧？於是我趁手上還拿著紅筆，就隨手把那句話悄悄改掉了。

「老師，**若您可以**您還會再幫我們多寫一點對吧？**的話就太好了。**」

這樣說的話意思也很通順，不是很好嗎？接著我如編輯所願，追加了譯者後記的內容，送出了校樣。

幾天之後，編輯傳來了譯者後記修訂版的檔案，其中附上一句「雖然可能有點粗糙，但我有重新整理了一下譯者後記的部分」，也就是說編輯添加了譯者後記的內容。似乎是對我的譯者後記不太滿意，所以編輯又多寫了一些上去。我把編輯的文字刪掉，修改成了自己的風格，這絕對不是因為我想堅守我的翻譯和文字，如果是往好的方向修改，那麼無論何時我都很歡迎也心存感謝。但譯者後記總是有我自己的語氣，編輯添加的部分就像是幫破了洞的襪子補縫上絲綢那般，充滿了不和諧感。雖說最初沒能寫出讓編輯滿意的譯者後記，是我的錯，可是這譯者後記無論怎麼看都沒什麼大問題，為什麼會這樣受苦受難呢？

不過後來我就了解到，原來這一切都是彼此的誤會。因為我在送出原稿時習慣性的一句話「譯者後記的部分，我在校對時如果有想到什麼會再寫上去的」，所以編輯才會說「老師，您還會再幫我們『多寫』一點對吧？」接著他看到我在校樣中修改的那句「老師[15]，**若您可以**~~您還會~~再幫我們『多寫』一點~~對吧？~~**的話就太好了**」，「我以為是要我再追加一些，所以昨天就努力追加了譯者後記的內容傳給您」他如此說道。身為操弄語言的人，說話竟這般讓對方聽不懂。

在時間緊迫到要用機車快遞[16]來收發校樣的狀況下，校對工作已經夠忙

15 從事專門職的工作者，也會以「老師」尊稱。

16 韓國速度最快的宅配方式之一，可以在幾小時內準時將貨物送達目的地。

碌了，卻連譯者後記都要寫，究竟費了多少心思呢？「怎麼會有這種像乞丐一樣的譯者？」她對我的咒罵大概像饒舌歌曲一般罵出來吧。

像這樣幸運地解開彼此的誤會，能夠以歡笑收場實屬萬幸，實際上我們究竟生活在多少誤會中呢？世上始終未能解開而被埋藏起來的誤會有多少呢？為了後來才明白不是什麼大事的事，又有多少關係因此破裂了呢？在詩人趙炳華的詩作〈陌生人〉裡有一句「不要以誤會離開，不要留下誤會告別」，然而倘若起初就知道是誤會的話，那還會離開嗎？

在這樣的地方予以安慰

編輯曾經問過村上春樹，如果自己在校樣上動過許多手腳、多管閒事或加入雞蛋裡挑骨頭的話語，不會感到不高興嗎？村上春樹說不會，修改得越多他越是感謝。據他所說，新潮社十分嚴謹，校樣都烏黑一片地送來，讓他很是感激。

既然聽到村上春樹的校樣都那麼烏黑一片了，就算校樣紅通通地送來也不要感到挫折，各位同行們。

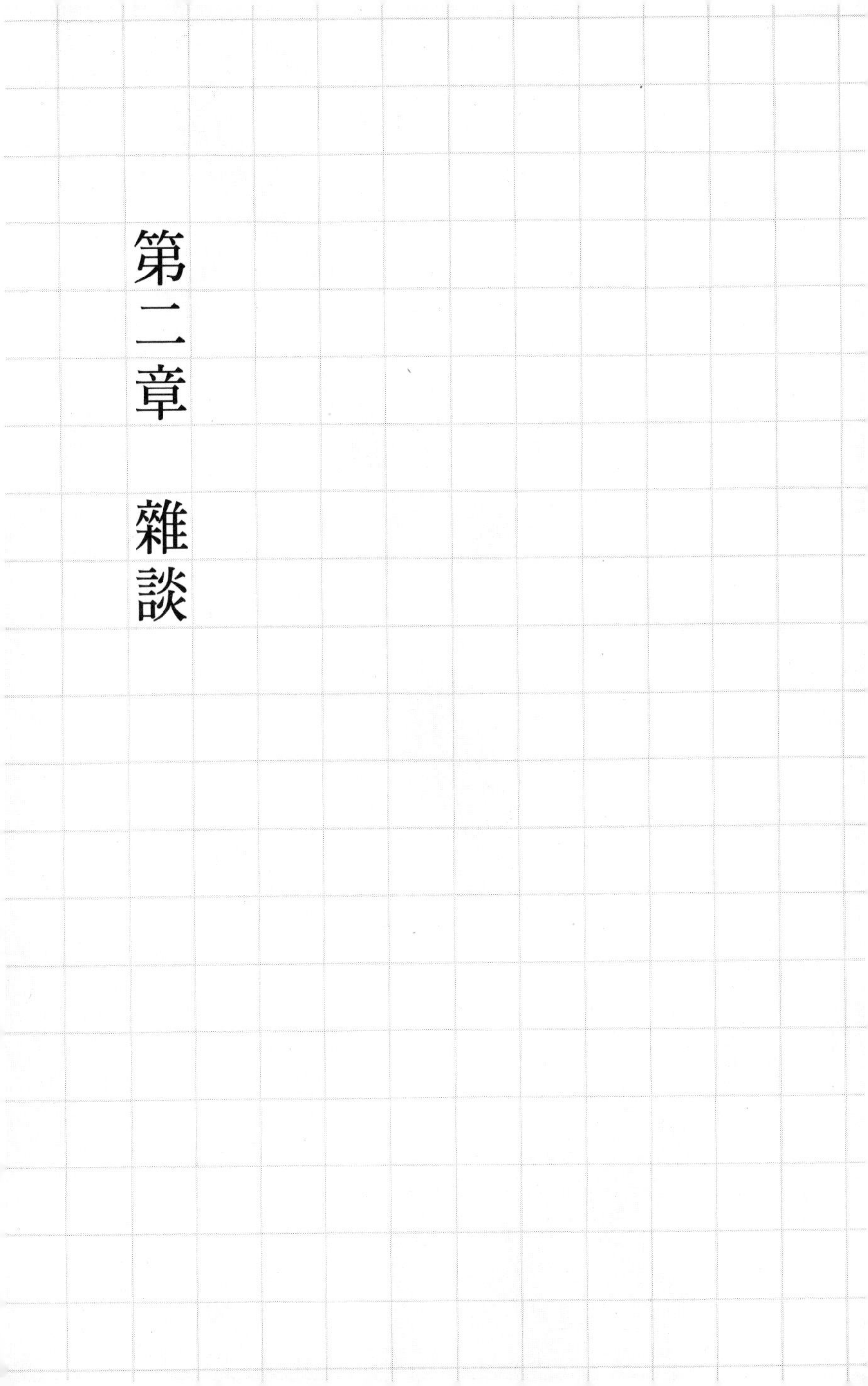

第二章　雜談

蘋果與谷歌

熟人轉職到了美國的蘋果公司。

在轉職確定後，聽到公司要他提前體驗美國生活，所以幫忙安排了全家人去旅行一週的故事，真是Culture Shock（文化衝擊）！在一般的公司行號裡，怎麼會給予這般的照顧呢？然而在那之後，還有更巨大的Culture Shock。

因為家人一個月後才來，所以熟人就先住在臨時宿舍，據說他到了宿舍，發現這些日用品都準備好了。

「首先冰箱裡裝滿了像是麵包、雞蛋、果汁、沙拉、水、餅乾、醬料等幾樣物品。知道我要帶貓來，貓廁所、墊子、貓薄荷、玩具、飼料容器等東西也都事先準備好了，還有插著USIM卡的iPhone。」

儘管我是個不用iPhone，對史蒂夫·賈伯斯製作智慧型手機懷有許多不滿的歐巴桑，但這間公司竟然連貓咪用品都幫忙準備好了，蘋果真是打從心底讓人感動。如果是我的話，應該會一輩子為這樣的公司鞠躬盡瘁的……。正當我這麼想的時候，兩年後，他又轉到了谷歌。順帶一提，這個人多益四百分左右，在韓國是會在書面審查就落榜的分數。

我問他是怎麼進入谷歌的，他說了這麼一段話。

「因為這個圈子很小，所以會在何處、以何種方式遇到誰，根本就不得而知。在我還沒什麼面試經驗的時候，曾經去某間公司面試，經理問我對於他們公司的產品有什麼想法，我說『在我試用過的產品中是最不好的』，雖然加上了『我進去以後會嘗試把它設計成更好的產品』，但還是就此落榜了。面試落榜後，我和那名經理還是得在業務上往來，無關面試結果，依然維持了不錯的關係。幾年過後，那名經理轉到谷歌，後來也把我推薦給了谷歌。」

接著據說他遞出了一封寫著「我是個 Lucky Guy（幸運兒）」，我的主修、專長和興趣都一樣」的信件，通過了面試，立刻就進入了谷歌。

我拜託 Lucky Guy 傳授求職生貞夏一手，他用彷若自我成長書一般的標題「憑著多益四百分左右通過蘋果和谷歌面試的祕訣」傳來了長長的郵件。那封郵件再度令人讚嘆，我甚至和他說下次請務必書寫成冊，廣傳給求職生們，那是一篇真摯的文章，只有貞夏讀到的話稍嫌可惜。經過他的允許，如果要簡短引用一下的話，內容就像以下這樣。

在被問到我不太明白的部分時，我還是會努力展現出最積極的一面。當然對於不明白的事千萬要避免裝作知道似地回應，但是在有所關聯或相似的主題上，我會盡我所能地回答，接著說「我所知道的就到這裡為止，此外就不太清楚了，可以麻煩您教教我嗎？」一邊翻開帶去的筆記本，拿出原子筆等動作，表現出準備寫下來的姿態。不管對於問題是知道還是不知道，像這樣表現出已經做好學習準備的積極面，本身就能給人留下正面的印象，而且人們基本上對於教人這件事都懷有自豪感，因此在讓面試官心情愉快的同時，也能留下「這個候選人都有按照我教的好好學起來」的印象。

讀了他寫下的幾種面試成功祕訣後，我認為這樣的人不只是蘋果、谷歌，而是在任何地方都能暢行無礙。開朗、正面、樂觀、積極又謙虛，就連實力都很優秀，區區的多益分數會成問題嗎？儘管有人會覺得自己是天生個性陰暗的孩子，所以無法樂觀正面地思考，這一輩子應該完蛋了，但根據經驗，只要堅持去改，就會有所變化。希望這位開朗谷歌人的精神能夠傳遞給求職生們。

是人脈還是追蹤脈

有位知名的多益講師在電視專題節目上講過這麼一段話，一下子就鑽進了我的耳朵裡。

你現在認為是人脈的那個人，也有把你視作人脈嗎？

所謂的人脈，是當雙方處於對等地位時才成立的詞彙，只是單方面依賴對方的話，你對於那個人而言只是個麻煩鬼而已。

哎呀！真的是這樣嗎？本來想說如果有什麼必要的事，我認識一些可以諮詢、各行各業的人，這樣對他們來說我算是人脈嗎？還是個麻煩鬼呢？畢竟只有在心裡面想，應該算不上麻煩吧？在自我成長書裡都這麼說，要形成人脈、人脈很重要，宣揚得像是成功的祕訣一樣，但我的職業不怎麼需要人脈，也沒有因為少了人脈而讓人垂頭喪氣的事，更不會因為沒有人脈而餓肚子，所以從未試著努力過要建立人脈。

所謂的人脈，到頭來不就是為了在緊要關頭攀住的蜘蛛網嗎？

在小說《何者》[1]中，朝井遼描述了SNS時代年輕人們的故事，而關於人脈，也出現了這段讓人膽顫心驚的台詞。

……你老是說要拓展人脈，但你懂不懂啊？在活著的事物裡蹦跳的東西才叫做「脈」。你這傢伙，好像去參加了各種劇團表演後的派對，但你現在還有跟在那裡認識的人聯絡嗎？可以突然打通電話就跑去見對方嗎？那個真的稱得上人「脈」嗎？看著都感到心痛啊！你這傢伙。

你只不過是SNS追蹤者中的一個人罷了，這根本就是事實暴力。這一段台詞，被拿來痛擊那些相信單方面關係就是人脈的人們。到哪都能炫耀人脈的人，應該擁有相當多的追蹤者。

你是某人二十萬人之中的一個人脈
你的人脈是比蜘蛛網還要細的脈
只是幫我按讚的追蹤脈（Beatbox[2]噗趴噗趴）

1　朝井遼著，張智淵譯，《何者》，貓頭鷹，二〇一四。
2　節奏口技。

啊！就像詩的靈感湧現一般，不由自主地唱起了饒舌歌曲。我認為無論是人脈還是追蹤脈（follow脈）都是珍貴的緣分。不過無論是人脈的數目還是追蹤脈的數量，都不代表那個人的完整性，所以沒有必要去計較這個數字的多寡，不是嗎？在我看來，看起來最醜陋的並不是沒有人脈的人，而是嚷嚷著自己人脈廣闊的人。

小川糸女士的郵件

我一直很想見上一面的小說家小川糸女士來到了韓國，在翻譯了她從出道作《蝸牛食堂》[3]、《趁熱品嚐》[4]到《山茶花文具店》[5]等主要作品的機緣下，我受邀參加她訪韓行程中與作家金荷娜的訪談，以及由日本大使館主辦的晚宴。我所翻譯的小說作家訪韓這件事，原本是最恐怖的（因為我不喜歡出席正式場合），但我卻第一次高興地飛奔過去。

3 小川糸著，陳寶蓮譯，《蝸牛食堂》，時報出版，二〇一〇。
4 小川糸著，陳寶蓮譯，《趁熱品嚐》，時報出版，二〇一二。
5 小川糸著，王蘊潔譯，《山茶花文具店》，圓神出版，二〇一七。

作家金荷娜與小川糸女士的訪談非常精采，節奏十分流暢，即便有口譯在場，也絲毫不受影響。就像事先準備過似的，他們契合的Tiki-taka[6]與充實的內容，讓列席的人們無不讚不絕口。作家金荷娜的主持能力與機智自然不用多說，小川糸女士也宛如主播般沉穩地侃侃而談。

訪談結束後，在前往日本大使館的車上，我和小川女士並肩而坐，東家長西家短地聊著天。「我有個這樣的女兒，」說完我展示了手機背景上的貞夏給她看，小川女士在說了「好漂亮啊」、「好可愛啊」等禮貌性的寒暄後，問我和女兒是否都有融洽地好好相處。「哎呦！我們常常鬥嘴，媽媽和女兒就是愛恨交加的關係，是不是？小川女士您也有和媽媽吵架的時候吧？」我如此說道，她接著表示同感：「沒錯，媽媽和女兒的關係真的就是那樣。」由於她十分強烈地表達共鳴，我就想長得這麼善良又端莊的人，怎麼會有不聽媽媽的話而頂撞的時候呢？看起來這麼聽話的小系女士，有哪個媽媽會責備呢？於是我只把它當成是日本人出於禮貌的反應。

日本大使館的晚宴來了很多人，但氣氛很溫馨，套餐料理也很出色。「這十年，當小川糸女士成為如此受到款待的作家時，我都做了些什麼呢？」我突然出現了這樣的想法。無論如何，這次與作家的會面真是意想不到地愉快。（其實更愉快的是見到了作家金荷娜與作家鄭世朗，這個事實是不是應該保密呢？）

很巧的是，在與小川糸女士見面那天，已簽約的《洋食堂小川》（原文

6 源自西班牙文「Tiqui-taka」，一種以快速短距離傳球與跑位為特點、掌握高控球率的足球戰術，講求成員間絕佳的默契，在韓文中常用來形容人與人之間非常合得來，很有默契地快速交流或對話。

書名《洋食小川》）截稿後的隔天，另一個出版社傳來了她的新書《針與糸》（原文書名《針と糸》）的工作委託。因為那絕妙的時機十分有趣，於是我透過郵件告訴小川糸女士，結果收到了回信，信中除了「很高興能透過《針與糸》再次結緣」的寒暄以外，還有「在訪談中有稍微提到的書在上週出版了，書名是《獅子的點心》（原文書名《ライオンのおやつ》）」這樣的新書消息。在訪談中，對於作家金荷娜的問題「下一部作品是什麼樣子呢？」她回答道：「我正在寫癌症末期患者在安寧病房中度過剩餘日子，每天下午三點吃什麼點心的故事。」我就覺得那種題材很符合小川糸女士的風格，那本書終於問世了。

我立刻入手閱讀，《獅子的點心》一如往常地是本溫暖而療癒的小川糸式小說，不過作者後記裡提及母親的故事令人震驚。「有哪個媽媽會對這麼善良的女兒……」與我先前的想法不同，她的母親對待女兒的粗暴程度簡直稱得上虐待。為了擺脫那樣的母親，據說小川女士早早離開了家，之後就斷絕了聯繫過自己的日子。幾年前，母親罹患了癌症，在得知餘命之後，向女兒打了通電話，兩個人才再度重逢。身為癌症患者的母親連輕度失智症狀都出現了，她對於這樣的母親感到憐憫，儘管時間短暫，似乎還是一起溫暖地度過了剩餘的時光。作者後記裡寫道，她看著害怕死亡的母親，便決定寫下這本名為《獅子的點心》的書。散文集《針與糸》裡則提到「假如我在平穩的家庭出生長大的話、母親不是個會使用暴力的人的話，現在的我還能像這樣一邊寫作一邊活下去嗎？」

去年夏天在首爾見面時，她對於媽媽和女兒的愛恨關係，反應的是她的真心話。因為當時的小川女士在採訪中一次也沒有提到關於母親的事，所以我完全不得而知。（我原本是這麼想的，不過因為《針與糸》是在見到她以前出版的，所以我承認是我的資訊能力低落。）

小川女士直到母親去世後，才如洪水一般道出母親的故事，在作者後記、散文、部落格裡，就算寫上一本小說都不夠，對於這樣的母親到底有多少想說的話呢？一直以來，她在正式場合唯一提起過的娘家家人只有養大自己的外婆。無論如何，與母親多年的心結至少在臨死前得以釋放，實屬萬幸。據說她現在簡單樸素地做了個佛壇，每天一面祈禱、一面開啟新的一天。雖說是帶給自己痛苦記憶的母親，但所謂血緣就是這麼一回事吧？總而言之，因為不知道每個人有著什麼樣痛苦的歷史，所以絕對不要提起關於家人的話題，這是我反覆思索到的事情。

她的詩集書名

無論是成功的人生還是失敗的人生，為何處處都設下了絕妙的伏筆、製造事件、種下喜怒哀樂呢？把生活中要遇見的人按照時期分類、適才適所地安排好，大概沒有比這更無懈可擊、完美無缺的劇本了。

我收到了一封從陌生地址傳來的郵件，郵件以這樣的引文作為開頭。啊，真是優美的文章！想了一想，天啊！這是我在《在翻譯界死去活來》裡寫下的文字。我有自己寫的書或翻譯的書印刷出來後，就無法識讀的老毛病，所以七年前自己寫下的這段文字已經記不得了。據說傳來郵件的她讀了《在翻譯界死去活來》深有感觸，特別喜歡其中這篇文章，所以把它貼在了工作室裡。接著她自我介紹說自己是個「文字寫作者」，並連帶說出了她詩集的書名，讓我大吃一驚。

某天晚上，我在姪女美頌的帶領下，和貞夏三個人去了梨泰院一處名為「超能力」的地方，那是個白天開書店，夜晚經營雞尾酒酒吧的獨特空間。昏暗的燈光中陳列的書籍令人印象深刻，這些都是白天書店的痕跡，還沒來得及坐進其中，就出現了一本吸引我目光的書。我一邊想著「好厲害，怎麼會用那種押韻來當成書名呢？」一邊拿起了一本名為《要麼像花一樣，要麼像屌一樣》[7]的詩集。

翻開詩集，發現裡面附上了貼紙，如果對書名的特定字眼感到不舒服的話，可以拿來遮擋。確實如此，儘管我們三個人都稱讚這書名很厲害，但誰也沒能說得出口。我想：「這到底是什麼樣的人寫的？」看了簡介才發現是一位一九九一年生、叫做金恩妃的作家。「哇，真是新鮮，這是我第一次看到九〇年代的作家！」我如此感嘆道。此後的一段時間，那本詩集的事在我腦海裡揮之不去，而郵件的主人竟然就是她！

在茫茫書海中，彼此的書就像便利貼一樣貼在了心裡，真是神奇。而且我的書出版後已經過了很久，她的書則被擺在小小獨立書店的一個角落，也很難互相讀到。收到郵件後的第二年，我和恩妃小姐見了面，有如朋友一般講話也很合得來，是位可愛又溫柔的小姐。如果連續劇裡的男女主角也像這樣相遇的話，一定會出現「什麼啊，這一點可能性都沒有！編劇是用腳寫的吧？」這種酸言酸語。

7 金恩妃，《要麼像花一樣，要麼像屌一樣》，디자인이음，二〇一七。

人在出生時由神所賜予的劇本裡，似乎意外地畫滿了細細密密的緣分線條。如今我只剩下大概三分之一的長度，又會和哪些人畫上了線條呢？

是無知還是無禮

一、

有人打了電話給我，說他正在企劃一本三人共著的散文集，希望我成為筆者。可我對於共著散文既沒有興趣，主題又是「七〇、八〇年代回憶再利用」，不僅沒什麼可寫的東西，也沒有寫的時間，所以我鄭重地拒絕了。不過，這個人直到掛斷以前講了好幾次的話非常有趣。

「就是因為大家都沒有要寫的意思，害我找筆者找得很累。」

他不該向初次請託的人抱怨，就算被九十九個人拒絕，也要對第一百個人說「我正在以這樣的主題企劃一本書，除了老師您以外沒有人能寫了」，好歹要有這般睜眼說瞎話的技巧，才容易生存下去的不是嗎？反正我本來就沒打算寫，但因為負責人的那句話讓我心情有點糟糕，這豈不是讓人覺得到處聯繫都沒有辦法，所以才找了我嗎？

二、

我接到翻譯的委託和編輯碰了面，是初次見面。

就算初次見面，也會像認識了很久的人一樣東聊西聊，這就是我這個歐巴桑的特徵。所以也許是這樣，讓編輯覺得我真的像認識多年的熟人，便會以「老實說啊」為開頭。

「老實說啊，原本是要委託A老師的，但他說時間配合不上，要委託B老師又說沒辦法，第三位才找到了老師您……」

在A、B老師之後有想起我的名字還真是謝～～謝你喔。

跨業人士們的襲擊

村上春樹在《身為職業小說家》[8]裡提到，即使有跨業人士突然出現，寫了本小說獲得注目，甚至成為暢銷書時，小說家既不會太驚訝，也不會覺得受到威脅，更不會火大生氣。

就像偶像歌手去演戲一樣，每個領域都會出現跨業人士，翻譯也不例外。有時候也會有像是女子團體KARA出身的朴奎利小姐，或是Wonder Girls出身的禹惠林小姐，這種稍微特別的跨業人士出現。「Wonder Girls前

8 村上春樹著，賴明珠譯，《身為職業小說家》，時報出版，二〇一六。

成員惠林，大學入學後推出首部譯作」，這則新聞頭條非常有趣，居然不是大學畢業後，而是入學後。在我充滿回憶的出版社高麗苑裡，大韓航空炸彈客金賢姬[9]也曾經翻譯過宮本輝的小說，電視主播們的翻譯也屢見不鮮，像這樣讓特別人士當譯者，可能是出自出版社行銷層面的緣故。要說其他會讓翻譯家稍微感受到威脅的行業，絕對是寫小說的人。

雖說是其他行業，卻又是個能感受到同袍意識的職業，但無論如何，身為語言魔術師的小說家，對於翻譯家而言，顯然是可怕的競爭者。從小說家轉為翻譯家的代表人物有已故的李潤基先生，儘管他以小說家的身分出道，卻也是讀者們記憶中最棒的翻譯家；小說家金英夏先生也以《大亨小傳》的翻譯而聞名；村上春樹同樣具有小說家與翻譯家的身分，他翻譯了許多瑞蒙・卡佛（Raymond Carver）的小說，這是廣為讀者所知的事實。話說回來，小說家金衍洙先生也翻譯了瑞蒙・卡佛的小說。由小說家翻譯的優點，果然還是易讀而流暢的意譯，要說缺點的話，就是意譯中會流露出個人色彩。因為我也不是翻譯得很完美，沒有立場對別人的翻譯說三道四。畢竟無論誰來翻譯都會有利有弊，只能交由讀者的喜好來決定。

有時候我會覺得，不應該這樣一味地接受其他行業從業者們的襲擊，如果有機會的話，我也想跨行挑戰一下寫小說。但正如百戰老將村上春樹誇口掛保證的一樣，即使有辦法挑戰，要持續寫下去卻相當困難。其他行業的從業者要跨行恐怕也是如此，所以請不要害怕跨業人士的襲擊。

……通常在怕的人都會叫別人不要害怕，對吧？

9　前北韓特工，精通日語，一九八七年十一月與搭檔喬裝成日籍乘客，登上大韓航空的班機安裝炸彈，並於中途停機時下機，後來該班機在空中爆炸，導致機上乘客與機組人員全數遇難，此次事件被稱為「大韓航空八五八號班機空難」。

離職的安慰台詞

因為用電話、郵件和快遞就能解決所有的工作，所以很少有和編輯見面的時候。儘管我們「相見便是好朋友」[10]，但要蓋個章喝杯茶，每次出門也是件麻煩事。對於編輯而言，每次委託一本翻譯書就要和譯者見面，也是很大的勞動。即便如此，如果編輯說想要見面簽約，只要不是截稿期我還是會出門。但從去年開始，出門多了個限制，這都是因為失明的老犬。晚上見面的話，還能託付給貞夏然後出門，但白天就有些困難了。

去年，有位編輯為了簽約這檔事跟我說「我會到府上附近拜訪」。都說要到我家附近來了，實在不忍心以老犬為藉口拒絕，決定先帶著大樹出門，交給動物醫院，並在旁邊的咖啡廳見面。

編輯是在二十七年前，我的首部譯作出版那年出生的年輕朋友，因為和貞夏沒差幾歲，所以聊起天來有種特別「水潤」的感覺。一起共事的編輯年齡從朋友或姊姊輩、妹妹輩、姪甥輩，總算連女兒輩都登場了，難道和孫女輩編輯共事的日子也會到來嗎？要是那天會來的話，那就太好了。

因為我是求職生的媽媽，對於上班族多了點興趣，出版社生活怎麼樣、當編輯哪一點很辛苦、哪一點覺得有成就感，那個出版社要經過什麼樣的考試進入……突然問起了這些問題，明明過去二十七年完全沒有好奇過。簽完合約後，因為編輯說想看大樹，於是從動物醫院把大樹接了出來，還一起短

10 韓國文化廣播公司MBC於一九九〇年開始使用的公司主題曲。

暫散了步，真是一次與可愛編輯的愉快會面。

然而，嘟咚！兩個星期後我收到了她傳來的離職信。雖然我常常會收到編輯的離職信，但是在兩個星期前才見過面，而且還是我打從心裡當成女兒一般的編輯，投入的感情可是兩倍。這讓我大吃一驚，明明我當時還說過「在好的出版社工作，母親一定很高興吧」這樣的話。

大部分編輯在寄離職信時，都有一句共通的台詞：「因為身體不太好，決定暫時休息。」明明離職的理由應該不盡相同，卻全部歸咎於自己的身體，這些人連背影都如此美麗。我曾向熟識的編輯詢問是不是有工作手冊，他說並沒有。明明在兩個星期前，應該就已經是決定要離職的狀態了，這位年輕編輯面對各式各樣關於出版社的提問，卻一句負面的話也沒說，真是了不起。

關掉郵件，試著想像如果女兒在好公司上班然後離職的話，我會是什麼樣的心情呢？那時我又該說什麼話才能夠帶給她安慰呢？心裡一邊想著「妳稍微忍耐一下好好上班不行嗎？別人都在上班呢！」表面上則是「這段時間辛苦了，好好休息，離職離得好」，這樣說的話能表達我的心情嗎？草率的安慰反而會引起反感，假裝無動於衷會比較好嗎？

為了各式各樣離職的安慰台詞而苦惱……到底為什麼求職生的媽媽會想這個呢？

夾著腳關上門

據說猶太人如果吵架，別過身說「我再也不要見到你了」以後，在進屋時不會把門「砰」一聲關上，而是會用一隻腳輕輕地夾住再關上門。

我在生活中經常會想起這段高中時期在《塔木德》[11]裡讀過的故事。每當我想對某人宣告「我和你再也不見！」的時候，就會想起這段故事，然後忍下來。即使嘴巴裂開也不要把最後那句話說出來，儘管現在心情上不想再見到對方，但還是保留個餘地吧！或許有朝一日待時間流逝，忘卻了生氣，也忘卻了不滿，就像什麼事也沒發生一樣，會打招呼說「你好」也說不定，我是這麼想的。（但唯獨男女關係是例外，在男女關係裡，用腳夾住再關上門只不過是卑屈、窩囊和軟弱的三段組合而已，把門板關到碎掉也無妨。）

不久之前也有兩個人。

喂，不要再和我聯絡了。

我再也不要理你了。

原本我想要冷冷地對那兩個人這麼說。

不過我這次也有想起《塔木德》的教訓，把最後一句話忍了下來。於是過了幾天，一個人道了歉，另一個人就像什麼事也沒發生一樣相待。幾天以來咕嘟咕嘟沸騰的怒氣消了，心情也舒暢了。沒有像切蘿蔔一樣切八段，我

---

11 猶太教的重要宗教文獻，裡面記錄了猶太教的律法、條例和傳統。

覺得做得很好。嗯，雖然兩個人都不是會對我的人生產生什麼影響的人，但是和某個人以不好的記憶結束關係總是令人不愉快，以開放的關係分開也是個好方法。

從另一方面來看，這也是個卑鄙的方法，明明心裡面已經切斷了，表面上卻裝作不把門關上的樣子。然而人往往不知道會在何處、以何種方式再度相會。況且在這網路宛如首爾地鐵二號線[12]般運轉的世界裡，像獨木橋上的冤家那樣狹路相逢也是十常八九。

即使我自己討厭的人有五兆五億個，我也不願成為某人討厭的五兆五億個人之一，這就是人心。

12 此為首爾、甚至全韓國最繁忙、擁擠的路線。

錯亂的書名

一、

編輯送給我書，要我在無聊的時候讀。那是非常有趣的散文集，我一口氣讀完後，還推薦給貞夏要她也讀一讀。幾天後，我要寄出譯稿時，打算寫句寒暄的話，說我有好好讀完，卻遲遲想不起書名。

心窩……叫什麼來著？想了想要確認又嫌麻煩，於是寫下了「我把《將心窩……》好好讀完了，真的讀得很開心。」然後寄出。

我收到了回信。

感謝您讀《心窩是……》讀得很開心。

哎呀！我連這都搞錯了啊……

我心頭一震，好像自己連讀都沒讀，就進行了形式上的寒暄一樣，臉上火辣辣的。

然而在幾天後，貞夏讀完放著的那本書，書名映入了眼簾。

《沒有正中心窩就是萬幸了吧》[13]

太好了，不是只有我搞錯而已。

二、

啊，不久前我在找東西的時候說：「朴正民的書，那本《沒用的人》在哪裡來著？」結果貞夏糾正我說：「是《有用的人》[14]。」總覺得這個書名也不是只有我會搞錯……。

13 이지원，《沒有正中心窩就是萬幸了吧》，민음사，二〇一六。

14 朴正民，《有用的人》，상상출판，二〇一九。

眼睛痴呆症

我在網路論壇上看到某篇文章的標題，因為怎麼樣都看不懂，便端詳了好一會兒。明明點開來查看內容就好了，但因為我是個不求人的手指公主[15]，所以我一直盯著標題，思考著「這是什麼意思呢？」那篇標題是這樣的。

〈全租[16]合約剩沒多久了，卻沒有收到房東的任何聯絡。〉

我納悶著「『全世界（전 세계）的藥（약）[17]』所剩無幾和沒有收到房東的聯絡有什麼關係嗎？」結果打開文章一看，才恍然大悟。我有看到貼文

就自動分寫的職業病，把「全租合約」看成了「全世界的藥」，真是眼睛痴呆症。

坦白說，這個眼睛痴呆症偶爾在翻譯時也會發作。有一次我曾經把「バラード（敘事曲）」看成「パレード（遊行）」，苦惱了老半天作者為什麼沒頭沒尾放了這個單字，一旦識別為「遊行」，大腦就很難再把它解讀成「敘

---

15 手指公主（**Finger Princess**）或手指王子（**Finger Prince**），意指連簡單的資訊都懶得自己動手查的人。

16 全租是一種韓國特有的租屋文化，房客會預先繳交一筆高額保證金給房東，入住期間不需負擔任何租金，合約期滿後可以再拿回保證金；房東則可拿保證金轉投資。

17「全租合約」與「全世界的藥」韓文分別為「전세계약」與「전 세계 약」，差異僅在於韓文分寫法所產生的空格。

事曲」。原本我想也許是還有我不知道的意思，翻了翻英文字典，像是能看穿原文般看著單字煩惱。

直到幾個月後，我在看譯者校樣時才解決了我的眼睛痴呆症，因為依舊惦記著那個單字，於是便翻了翻原文。

「啊啊啊！」

我不由得發出了一聲慘叫，原本毫無疑問應該是遊行的單字，這次正確地讀成了敘事曲。幸好前幾天有發現，但是一想到會不會因為這個眼睛痴呆症，導致在校樣中都沒能發現就被出版成書，便叫人毛骨悚然。

眼睛痴呆症似乎不是大腦的問題，而是性格的問題。我行動遲緩但個性急躁，所以在上網時，會一眼讀過整個新聞頭條的畫面。結果我連「一、〈一日三餐山村篇〉二、〈小丑〉」這樣整齊排列的新聞標題，都看成了「叔叔三餐外甥」[18]，真是不像話。不過由於「遊行事件」讓我受到了衝擊，所以在翻譯時我都會慢慢地、非常慢慢地讀過原文，敬請放心。

18 標題中的「一日三餐山村篇、小丑」與「叔叔三餐外甥」原文分別為「삼시세끼 산촌편、조커」與「삼촌세끼 조카」，後者是由前者字詞順序調換或寫法相近的單字所組成。

目不識……

一、

在翻譯過程中，出現了一個名詞「富士額」，於是我查了字典。

據說額頭邊緣長得像富士山峰一樣就被稱作「富士額」。

富士山峰的話，是長得像「M」字型嗎？

我在網路上搜尋了一下圖片。

原來如此……這就是「M」字額，我自己的額頭就是啊。

我真是目不識「額」，還搜尋了一番。

二、

我在網路上瀏覽某個論壇的目錄時，看到一個標題叫「思想保管法」。

天啊，好帥氣的說法啊？竟然說思想保管法……

是要記在紙上保管嗎？

是要儲存在電腦裡嗎？

是要放在大腦的抽屜裡嗎？

只看到標題就做了各式各樣的想像，我點進去看了一下，可惡，不是「思想保管法」，而是「生薑保管法」[19]。

19「思想」與「生薑」的韓文分別為「생각」（Saeng Gak）與「생강」（Saeng Gang），兩者寫法相近。

三、

我在看譯者校樣的時候，發現上面沾著鼻屎，大概是編輯不小心抹上去的，如果他之後在看校樣時發現這個的話，會以為是我做的吧？雖然不是我做的，但因為不想被誤會，所以我還是幫他擦乾淨了。可還是在紙上留下了痕跡，於是我用修正帶做了俐落的收尾。連編輯的鼻屎都願意擦乾淨，我真是世界上最好心的譯者。

四、

信紙在日文裡叫做「手紙」，普通話則會把廁所用的衛生紙也稱作「手紙」。所以我送給別人的「手紙」，究竟是信紙呢？還是衛生紙呢？

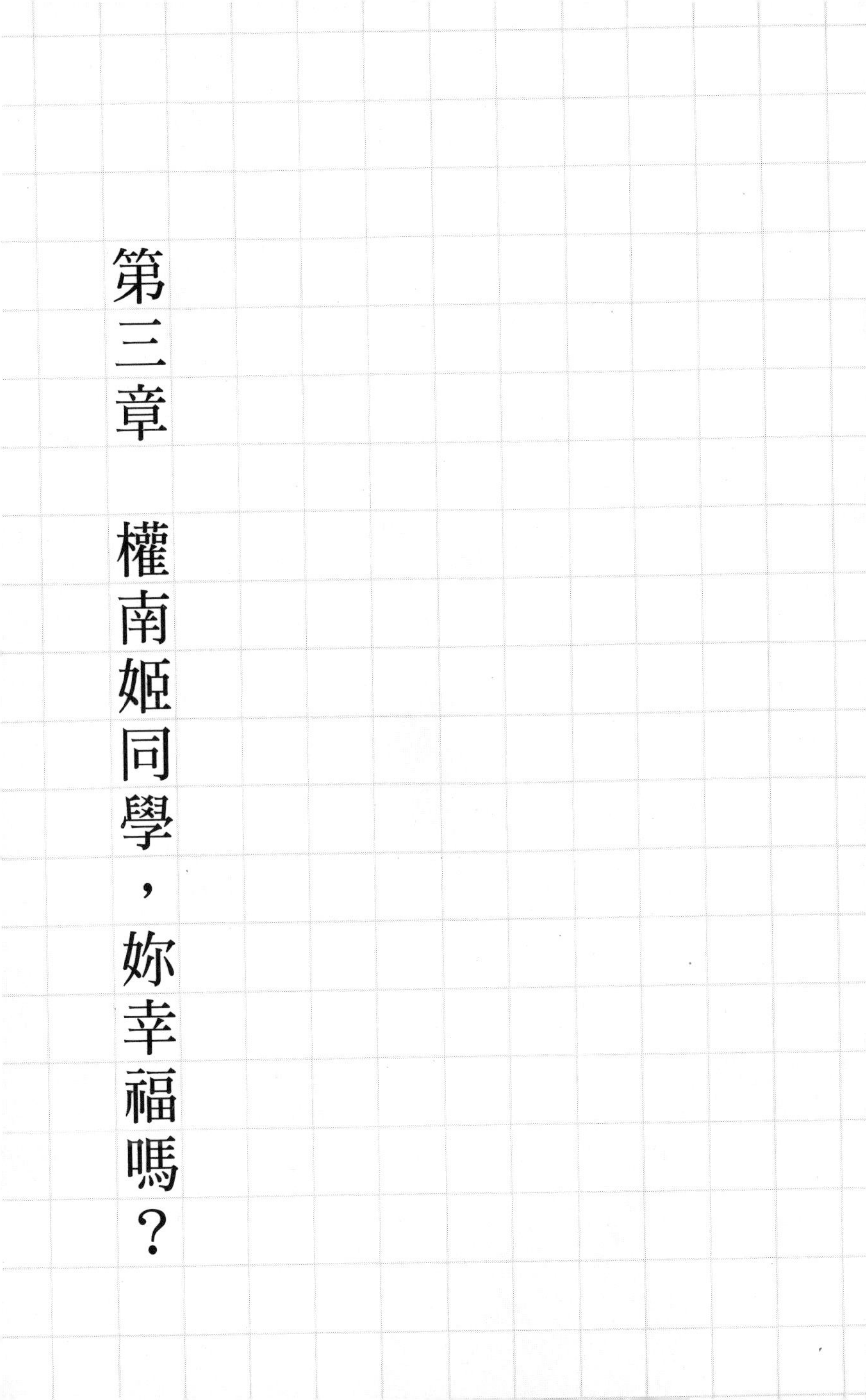

第三章　權南姬同學，妳幸福嗎？

我是個那樣的孩子：不可以再這樣活著

在班上，我是個不顯眼、沒有存在感的孩子。

在翻譯某本小說時，主人翁小學時期的故事讓我不禁覺得「這就是我啊」。然而，在韓國還是開發中國家時期，一個年級的人數多達七十至八十名，班上有三分之一都是這樣的孩子，本身並不是什麼特別的事。和那些孩子不一樣的地方是，我與因為破產而徹底失意的父母分開，從十歲開始，便與年齡相差無幾的兄弟姊妹們一起來到首爾獨立生活，不過因為二姊很照顧我，並沒有讓我煮飯和洗衣服（姊姊，謝謝妳）。雖然我因為沒有小學時期的照片，所以不太清楚，但我當時的模樣恐怕就像韓國戰爭時候的孤兒，是一段怎麼也開朗不起來的歲月。即便如此，因為我功課不錯，所以並沒有就此一蹶不振，但到了六年級左右，我也變成功課不太好的孩子了。

人生的轉機到來之際，腦中會聽見開關啪地一下被打開的聲音。開關第一次被打開的時候，是在我獨自參加完中學入學式以後回家的路上。在父母牽著手回家的孩子們裡，像競走一般前往公車站的時候，我所感受到的情緒盡是寒酸與悲慘。當時就像開關被打開一樣，我腦海浮現出這樣的想法。

「就這樣活下去的話，我只會成為一個微不足道的人，人們也會像蟲子一樣看不起微不足道的我吧！」

坐公車回家的路上，我如此下定了決心：哪怕是從現在開始也好，不可以再像這樣活著。畢竟我也已經不是「國民學生」[1]，而是堂堂正正的中學生了。因為穿著一模一樣的校服，別人不會知道我是不是窮孩子，初次見面的朋友們也不會知道我是個害羞鬼，所以就鼓起勇氣當個全新的我吧！十四歲的我，很了不起地打造了人生上進計畫。於是，從入學式隔天開始，我努力讀書成為了功課好的孩子，也積極地結交了些朋友。這些長大以後還是持續聯絡的中學一年級好友們，各自都成為了醫師和藥師，如果我也一直在那個環境裡的話，不知道會擁有什麼樣的職業。孩子的生活往往被大人左右，實際上波瀾萬丈的人生，在中學時又一次發生了巨變，大家紛紛再度返回了鄉下。

不過小時候的我是個意外正面的人。在九歲家道中落時，我開心地想著：「我也像偉人傳記裡的偉人一樣窮困，我也可以成為偉人！」中學環境發生變化時，我也開心地想著：「哇，寫小說的題材增加了！」

這孩子長大了，雖然沒能成為偉人，卻也沒成為像蟲子一樣被看不起的大人。但同時也是個懶惰的大人，明明小說的寫作題材不斷增加，卻遲遲下不了筆。

1　韓國「小學生」的舊稱。

我是個那樣的孩子：跟外婆的點滴

一、

在大邱生活的學齡前兒童時期，我提早透過自學學會了認字，對於聰明的我而言，有一件很好奇的事：住在其他村莊的外婆明明不識字，也認不得數字，是怎麼搭公車來我家的呢？這真是太神奇了，究竟該如何在那麼多公車裡，認出並搭上開往我家的公車呢？我自己想了想，作出了讓人信服的推理，接著向外婆確認了一下。

「外婆，每次公車來的時候，妳都會問司機大叔說：『大叔，這是往南大邱郵局的嗎？』然後再上車對不對？」

我覺得要不是這樣，不識數字的外婆是不可能認出開往我家的公車的。然而外婆的回答卻出乎我意料。

「不是啊，我是看著公車號碼搭的，就搭有一根棍子、一個圈圈、一根棍子的。」

公車是一〇一號。

二、

雖然還只是個學齡前兒童，憑著自己稍微認得字，就超齡地出入隔壁的漫畫店，這是我的每日任務。我也常常搭著一〇一號公車，一個人到外婆家去。

那天我也搭上了一〇一號公車，但奇怪的是，這次卻怎麼走也走不到外婆家的村莊。也就是說，路線改變了。如果你問我「難道父母沒有教過這些事嗎？」我會說他們是連孩子有沒有在家，有沒有吃飯都毫不關心的人。雖然不知道開發中國家是不是只要生很多小孩的父母都這樣，還是只有我們家這樣，但多虧如此，即使我從小就與父母分開生活，在生活中也不曉得「好想念媽媽、好想念爸爸」這種情緒，他們在無意間將我養育得如此堅強。

結果那天我一路坐到了終點站才下車，在陌生村莊徘徊的我被某個大嬸帶去了派出所，所幸我還記得家裡的電話號碼和地址，巡警大叔稱讚我「這孩子，還真聰明」，並幫我聯絡了家裡。父親來接我時還買了三盒青瓷香煙[2]給巡警大叔們作為謝禮，這要命的記憶力。我之所以會記得，是因為幼小的心裡覺得，明明賺了很多錢，怎麼才帶那些過來，當時我家是經營澡堂和旅館的。

如果那時候我像那個年齡的孩子一樣，記不住地址或電話號碼的話，我恐怕就永遠見不到家人了。因為父母有很多小孩，應該是不會執意來找我的。雖說就算演變成那樣，我也會自己看著辦並好好生活，但是父母又該如何度過沒有我的晚年呢？他們恐怕光想就頭暈，因為兒女中唯一有植入孝順基因晶片出生的孩子，就是我了。

2　一九六九年上市的一款香煙品牌，在七十年代的韓國蔚為流行，擁有「韓國第一款高級香煙」的稱號，由於其味道和精美的包裝，甚至被譽為是當時最上等的禮品，已於一九九八年停產。

膽顫心驚的初次演講

我本就是個十分害羞的孩子，上課時間如果被叫到要朗讀書本，我會一邊瑟瑟發抖一邊讀完，要站到講台做點什麼則是完全不敢想像。這樣的孩子長大後變成了歐巴桑，本來以為隨著年齡增長，會變得厚臉皮愛大聲嚷嚷，但當我站在人們面前的時候，卻依舊渾身發抖。我一邊祈求著千萬不要有在許多人面前講話的工作，一邊小心翼翼地生活著。然而從事日本文學翻譯這樣的工作，偶爾會遇到必須站到人們面前的工作。要不是接受委託在邀請了海外作家的場合上進行口譯或訪談，就是在出現某些話題時，收到廣播或電視節目的出演邀請。每次遇到這種情況，我就會列舉出嚴重怕生、在人們面前會發抖到講不出話等理由鄭重推辭。有些人會試圖用花言巧語來說服我，但我絕對不會上當。不，是沒辦法上當，因為「好丟臉」這三個字在我腦海中咕嚕咕嚕地轉個不停。

但是這樣的我，曾經在人們面前演講過。

那是在《在翻譯界死去活來》出版之後，包括大學專題講座在內，我收到了來自許多地方的演講邀約，我當然全部拒絕了。雖然我的心很軟，不太會說「不」這種話，可唯獨在人們面前講話這件事，是我絕對辦不到的，所以我還是會告訴對方自己有顫抖症狀的老毛病，並且鄭重地推辭。演講邀約來自哪裡並不重要，演講費給多少也不重要，反正這是我打死也做不到的事，所以問了也沒用，聽了也沒意義。

當我收到來自某個地方大學的研討會演講邀約時，我也列舉出我天生的缺陷並鄭重地寄出了謝絕信，對方也尊重了我的意願。然而，共同受到邀請的翻譯家中，有一個人用電話鍥而不捨地說服我，無論我怎麼訴諸我的顫抖症狀也行不通，即使通話後已經過了三十分鐘，在我說OK以前，他都沒有要掛斷的跡象。正好因為我喉嚨嚴重發炎，從我的喉嚨傳來了連我都沒聽過的稀奇聲音，而他全都忍耐下來了。接著在最後，他脫口說出了決定性的一擊。

「因為做不到就輕言放棄，如果女兒跟著模仿的話該怎麼辦？展現給女兒看看您鼓起勇氣挑戰的模樣吧！」

結果我被說服了，便一口答應了下來。

我和各語言圈優秀的三位翻譯家在首爾車站見面，搭乘韓國高速鐵道（KTX）前往目的地。雖然彼此是初次見面，但透過出版作品，名字都已耳熟能詳了。因為這層關係，所以並沒有初次見面的尷尬，我也得以享受短暫的旅行。其中有兩位是教授，一位是講課經驗豐富的人士，四個人裡面只有我這個人類震動機是初次演講，要為衝動的行為感到後悔已經太遲了。KTX抵達大學所在的城市後，隨著時間流逝，研討會也就此展開了。前面幾位精采的演講持續進行之際，我深深低下頭，一味喃喃自語著「完蛋了，我為什麼要來啊？」

終於輪到我了，我拖著瑟瑟發抖的身子站在了學生面前，在慌亂之中，學生們看著我的眼神是多麼閃閃發光、炯炯有神，仿若星光一般燦爛。我心裡不禁驚嘆道：「啊，好美呀！」

我初次演講的第一句話是「日文系學生們請舉手好嗎？」從各個學系前來的學生中，日文系是最多的。

「大家都是來看我的吧？」

緊接的提問，除了學生們以外，也讓教授們捧腹大笑。當然這並非預先準備好的台詞，只是突如其來的胡言亂語，可多虧了他們的笑聲，才大大化解了緊張。緊張獲得了舒緩後，我才得以說些坦率的話。

一同前來的人士全都是在國外得到博士學位的教授（那間學校的一位教授也有出席），我只不過普通地讀到大學而已，現在卻和這些人士如此並肩而列。希望大家在想要做一件事情時，不要把學校的名字當成枷鎖，只要有熱情、有實力，畢業學校就不會成為什麼絆腳石。

我身為人生前輩給了些忠告後，又針對翻譯時的細微技巧作了幾點說明，就超出了演講時間。如果問我是不是沒有發抖又講得很棒，並沒有，絕非如此，我在演講中不知道說了幾遍「啊，因為我很緊張」。隨著時間的推移，緊張逐漸獲得舒緩，心情也比想像中來得自在，聲音卻仍然不停瑟瑟顫抖，我的體質果然還是不適合演講。不過學生們的反應並不差，後來跟過來的助教一邊說「老師的演講是最有趣的，學生們最喜歡了」，一邊把我吹捧了一番。那當然是因為我用最簡單的話，把最簡單的內容最真實地講了出來，所以聽起來才會有趣的不是嗎？畢竟教授們的學術性內容又難又無聊（笑）。

無論過程如何，這真是貴重、珍貴而美好的初體驗。在那之後過了幾天，我收到了來自聽講學生的郵件。

實際見到您會是什麼模樣呢？我從專題講座前就滿心悸動地期待著，看到您走進教室的模樣，我真的嚇了一大跳。與網路或書上刊載的個人檔案照一樣，既美麗又高雅，尤其是昨天穿來的黑色連衣裙和珍珠項鍊超級適合，讓人打從心底驚嘆不已。老師的演講也令我印象深刻。

不加任何掩飾，又直率，同時還為我們指出了翻譯時該注意的地方，真是太好了。希望之後還有機會能聽到老師更長～一點的演講。

向姊姊借黑色連衣裙和珍珠項鍊真是借對了，讀著郵件讓我想起了那些閃閃發光的美麗眼神。

一切都是令人感動的，啊，勇於接受挑戰實在是太棒了，真的是很好的經驗。

當我沉浸在自己幸福的心情時，透過共同出席研討會的一位教授，我又收到了演講邀約。教授補充說只要進行和那天一模一樣的演講就行了，再度出面說服我，而且這次是位於首爾的大學。我忽然想起以前在喜劇節目上出現的「絕～對不要重演」的台詞，實際上也是，要是我絕對不重演的話就好了。

由於一起搭高鐵來往的情分，害我心腸變軟了，於是我答應了他。不，用新近的詞彙來表達的話，或許是因為沒有擺脫「初次演講中毒」吧。甚至要去演講時也沒有像以前那樣發抖，中毒就是如此可怕。可當我站在比之前多出好幾倍的學生面前時，聲音瞬間再度開始發抖，總覺得可能會因為心臟麻痺在這個場合上倒下。難道是因為規模變大了嗎？還是因為是首爾，所以才這樣呢？閃閃發光又炯炯有神的眼神已經不復存在，我這才回到了現實。

就這樣我的演講在一個月內進行了兩次，接著很快地就停業了。由於演講費是翻譯費無法相比的多，於是我稍微冒出了趁此機會去演講學院[3]嘗試演講的想法。四處販賣看似平靜又波瀾萬丈的人生和翻譯故事的話，應該不

3　在韓國專門指導交談、面試、授課、演說、演講等等所需的技巧和姿態的補習班。

錯吧……本來是這麼想的，但果然還是行不通。雖然瑟瑟發抖的我依舊是我，但聽眾又會有多麼不舒服呢？很幸運地，善良的大學生們都說我演講很棒，但如果是收費的演講，他們或許會要求退款也說不定。

就這樣，演講只被我當作久遠的回憶收藏著。

做翻譯的歐巴桑

我收到了某月刊雜誌的邀約，說想要以「寫作空間」為主題進行採訪，邀約內容如下：「作家或翻譯家們除了在家裡做事以外，應該還會帶著筆記型電腦出門，在咖啡廳、公園、飯店或其他各式各樣的場所工作，權南姬老師是在什麼樣的空間裡工作的呢？我們想在那個空間進行採訪。」

哎呀，我幾乎是個家裡蹲，所以沒有那種地方的說……

然而記者的郵件實在過於真誠，讓我不好意思拒絕。原本打算要不要到某間咖啡廳說「我常常會為了轉換心情到這裡工作」以協助她的採訪，但還是出於良心推辭了。凡是認識我的人，都知道我是個歷練悠久的宅女，哪裡能騙到人呢？

平時我幾乎不會出門在外工作，雖然偶爾會把老犬大樹帶到動物醫院去美容，順道在醫院旁的咖啡廳工作兩三個小時，但我不會純粹為了工作而出門。其實最近有時候也會想出門工作，但因為得要照顧老犬所以出不了門。

即便如此，我當成寫作空間的家裡也不像其他作家或翻譯家們那樣，有書塞得滿滿的書架，加上大大書桌的寬敞書房。放在客廳的書桌就是全部了，做翻譯只需要一張書桌就行了吧。

在我工作的時候，大樹時不時會過來纏著我，要我陪他玩（雖然他現在眼睛瞎了沒辦法纏著我了），女兒貞夏則會坐在與書桌並排的沙發上嘰嘰喳喳。

我好歹也是個翻譯家，曾想過要不要把現在當作書房兼收納空間的房間整修成工作室，但習慣真是太可怕了，一旦習慣了和狗狗與孩子在一起，在這樣的空間裡自由工作，正經的空間就顯得非常尷尬。這就跟一個人的體質如果適合趴在地板上讀書，要他坐在書桌上讀書就會感到不舒服，是同樣的道理。因此對我而言，客廳一隅就是最適合的空間。

每當我快要忘記的時候，就會收到想要採訪「翻譯家的書房」的邀約。每次我都會說「對不起，我沒有書房」然後拒絕，他們都一副不相信我是因為真的沒有書房而拒絕的樣子。就算難以置信，我也是無可奈何。順帶一提，我的工作空間是長這樣的：以書桌為中心，左邊是廚房、右邊是客廳、前面是電視、旁邊是沙發、腳邊有狗狗。充斥著滿滿的主婦美，正因為如此才會自然地湧現出溫暖的翻譯，不是嗎？（笑）

所以比起翻譯家這個修飾語，我更喜歡「做翻譯的歐巴桑」這個詞。

如今就承認吧

我去拍了個人檔案照。某個媒體要我把原稿連同笑臉照一起寄過去，因為我不喜歡拍照，不管是笑臉照還是哭臉照，我一張都沒有。照一照鏡子，倒也不至於是讓人感到挫折的臉，可照片中的臉卻非常奇怪。加上我在鏡頭前會引發肌肉僵硬症狀，照片裡就會出現更絕望的臉。

很久以前在某個地方拍採訪照片時，我也強調了這點，吩咐、懇求、脅迫、拜託對方務必要幫我拍得好看一點，結果對方說「啊，請不用擔心，因為連趙寅成[4]看了我拍的照片之後，都說很棒呢」。

不，如果是趙寅成的話，就算用腳拍也會好看，不是嗎？

我去拍個人檔案照，一邊講述我過去的事蹟，一邊不斷拜託對方要幫我拍好看一點，結果攝影師如此說道：「請相信我，妳要相信我才能拍出美美的照片。」

啊啊啊，攝影師大哥，我不是信不過您，是信不過我的臉。

我曾在某篇文章裡讀到，因為自己看到的臉和別人看到的臉不同，所以看到照片時才會感到挫折，這句話或許沒錯。有時候看到別人的照片，明明拍得與長相如出一轍，當事人卻跺腳說拍得不好，此時就會覺得：「不是，你以為自己有多漂亮嗎？」（尤其是我女兒。）本人的臉只能透過鏡子或照片來看，所以也許別人看到的臉才準確。如今我得承認，不是照片拍得不好，只是把長相如實拍下來而已。在此期間，每次拍照我總向記者或攝影師抱怨自己不上相，我要為這段過去表示懺悔。

4　韓國男演員、模特兒。

樹懶慢吞吞的理由

樹懶的懶是「慢郎中」的意思，在日文裡是「怠け者」，意指懶惰鬼。英文則是「Sloth」，這也是懶散或怠惰的意思，全世界樹懶的命名應該大都是這樣的意思。站在樹懶的立場，明明生來就是要這麼活著，卻要被人類叫做慢郎中或懶惰鬼，有多麼冤枉啊？

同樣是慢郎中的烏龜，因為一則戰勝兔子的伊索寓言，成為了誠實和努力的象徵；可憐的樹懶每天吊掛在樹上睡十八個小時，便成了懶惰鬼的象徵。據悉，由於樹懶無法進行體溫調節，新陳代謝也比其他動物來得慢，吃掉食物後，得花上十六天去消化，因此為了最大限度地減少活動，盡量只用最低限度的能量來活下去。動物無論快慢，都只是找到適合自己的生存方式罷了。

有一次在電視上看到吊掛在樹上的樹懶正在產下幼崽的模樣，從幼崽探出頭之際，樹懶就把身子向前彎曲，一邊不停舔舐著，一邊引導牠到媽媽的肚子上。幼崽一旦完全出生後，樹懶就無比努力地舔舐著。就算是節省活動度日的樹懶，在幼崽面前也變得這麼勤快。

看著吊掛在樹上安靜不動的樹懶，讓人感覺像陷入沉思的動物，既像是在修道，又像在鑽研哲學。雖然當事者也許連思考都嫌麻煩，只是漫不經心地吊掛著，或是正在害怕捕食者何時會出現也說不定（不過，從他們總是可愛又一副天下太平的表情來看，似乎不是那麼一回事）。

看著樹懶，就好像看到了自己。在別人眼裡，足不出戶整天只待在家裡的我，看起來也許慢吞吞又懶得要命，但我在這漫長的歲月裡，按我的方式毫不懈怠地專注於翻譯，老老實實扛起一家之主的責任。無論動物還是人類，如果看到過著與自己價值觀不同的生活方式，就作出否定的評價，這是很傲慢的。所以我想為樹懶的內心辯護，樹懶現在正竭盡全力認真地生活著。

這一生，還不算失敗

我在五十歲那年接受了月刊雜誌的採訪。只要站在鏡頭前（即使那是手機鏡頭），我的臉就會像屍僵一樣變得很僵硬，所以我很在意照片，再加上我一緊張就會亂說很多話，因此也會在意報導內容。從以往的經驗來看，採訪並不意味著對生計有所助益，也不會接到比較多的工作，只會多產生一個黑歷史而已。因此只要在郵件標題中看到「採訪」，我就會在打開郵件的同時思考拒絕的台詞。儘管一向如此謝絕採訪，我還是勇敢地答應了這次採訪，畢竟在月刊雜誌上留下一張照片，當作活了半百年的紀念，也是件有意義的事。我擔心照片不上相，親切的記者說請到了拍照非常厲害的專家，無論如何一定會拍好，要我放心。我以為是現代技術能打破「原版不變」的法則，所以立刻就相信了。

採訪當天，記者為我指定了位於狎鷗亭洞、藝人們經常出入的美容院，我在那裡做了美髮彩妝。不僅如此，兩位造型師連服裝和鞋子都帶過來讓我穿。在專家們的幫助下，邊緣鄰家歐巴桑一下子就妝點得足以和中年明星相媲美。無論如何，這只是我的錯覺。

啊，果然人還是要靠髮型、服裝呀。

……沒有自我陶醉的餘地，在鏡頭前僵硬的細胞創造出了扭曲的形象。我的敵人就是我自己。

在攝影棚結束拍攝後，我們移動到咖啡廳進行採訪。與其說是採訪，比較像是跟聊得來的記者進行私人談話。我問他是如何成為記者的、之前的主修是什麼、什麼時候能感受到身為記者的價值，結果去接受採訪的我，對記者進行了一陣採訪。我一直都在家裡工作，難得在外頭與人見面，所以才會懷念聊天這件事。過了一會兒，配合我聊天節奏的記者開始發問了。

「您覺得人們找權南姬翻譯的理由是什麼呢？」

「啊哈哈，雖然從自己嘴裡講出來不太好意思，嗯，偶爾會聽到有人說我的翻譯很溫暖，不是因為這樣嗎？多虧我運氣好，都遇到了暖呼呼的作品吧。」

我用先自豪、後謙虛的形式來連接我的回答。

「翻譯的時候和自我創作的時候，什麼時候比較幸福呢？」

「因為我是做翻譯的人，所以翻譯的時候比較幸福。確切而言，我也不是在寫那種稱得上自我創作、很有分量的文章。」

「如果重新來過的話，您會結婚嗎？會想要當媽媽嗎？」

「我不想要重新來過，也不想再結婚……但就算要重新來過，我也想以貞夏媽媽的身分活著。」

我嘴裡說著，突然自己眼淚就嘩啦啦地流了下來。

記者對於我身為媽媽的人生、身為翻譯家的人生、身為權南姬的人生提出了一些問題。正好與我為了紀念活過半百歲月而接受採訪所相符的問題。回家的路上，我時隔許久，不，也許是第一次回首我的人生，接著暗忖道。

這一生，還不算太失敗嘛。

妳幸福嗎？

一個大學男同學在畢業幾十年後打電話過來。

他說他打電話給出版社謊稱是編輯，才問到了聯絡方式。儘管現在返回了故鄉生活，但他姑且也曾經是個編輯。

像在戰爭時失散的人們進行生死確認後互相問安，他接著如此問道。

「南姬同學妳幸福嗎？」

聽到這個問題的瞬間，我的眼淚就……

我把手機從耳朵抽離，隔出空間，極力以笑容應付著，像開玩笑一樣地回答道。

「更年期還會有什麼幸福的事呢？」

結果，「啊，這句話怎麼會讓我淚流滿面呢？」電話那頭的聲音馬上就哽咽了。他說他想起了我大學時期少女般的模樣，更年期這名詞太令他悲傷了。

天南地北聊著聊著，同學說他的記憶有缺失的部分，並向我問道。

「我們有交往過嗎？」

是你單戀我吧，我吞下了這句話。

回答說：「哈哈哈，沒有，是好朋友吧。」

我也已經長大成人了。

我想起外系生的我坐在教室最後一排，一結束就衝出來跑得遠遠的，他從三樓探出身子到窗外放聲大喊「權南姬同學！南姬同學！南姬同學！」儘管我只是一邊想著「啊，好丟臉」一邊裝作沒聽到他在叫走了過去。那樣的記憶大概也消失了，實屬萬幸。

那是在沒有認真玩、沒有認真讀書、也沒有認真談戀愛，沉悶度過的大學時期中，宛如櫻花花謝般模糊的回憶。

互相問候要對方好好過日子後，便掛斷了電話。暫時召喚回憶裡的人們之後，最好還是要收回原位。漫長的空白無法用任何事物來填滿，問候就透過風來傳遞吧。

我祈禱那些年我認識的所有人，在到達五十幾歲的今天，依然在天空下的某處幸福地生活著。

我過得很好。

不去同學會的理由

村上春樹的煩惱諮詢所網站開設時，有位讀者問道：村上先生也會去同學會嗎？

結果村上春樹這樣回答。

「我從未出席過像同學會之類的場合，因為我不太喜歡回到過去。」

最近翻譯中的三浦紫苑小說《真幌站前番外地》（原文書名《まほろ駅前番外地》）[5]裡，出現了這樣的對話。

5　三浦紫苑著，王蘊潔譯，《真幌站前番外地》，台灣東販，二〇一五。

「你參加過同學會嗎？」

「沒有，如果有想要見的人，私下見面就行了，和幾十年不見的人們不知道該聊些什麼。」

不去同學會的人想法好像都差不多，我也是出於相同理由一次都沒去過同學會。

讓人抓狂的更年期

在等公車時，站在前面的老婆婆對朋友說了這番話。

「我家女兒不是五十三歲嗎？我跟她說妳現在也快要到更年期了，到時候會非常辛苦噢，結果她說：『媽媽，我已經過了更年期了。』所以我就跟她嘮叨了兩句：『哎呀，妳要跟媽媽說呀，那麼辛苦的事是怎麼一個人撐下來的。』我說妳痛苦的話我也會很難受的。天啊，因為她一句辛苦的怨言都不說，所以我竟然都不知道。一想到她獨自煎熬，妳知道我心有多痛嗎？」

雖然我看過很多擔心女兒青春期的媽媽，但即使在連續劇裡，我都從未看過擔心女兒更年期的媽媽。可就在眼前，身材瘦小到好像快要碎掉一般的老母親，向伸著脖子看公車何時過來的朋友，傾訴著對於女兒獨自撐過更年期的心疼與欣慰。「擁有那種媽媽的女兒真是太好了」，我在這年紀羨慕起別人的媽媽。

順帶一提，我也在更年期最高峰時吃了很多苦，正好是滿五十歲那年。貞夏在家時，我會假裝若無其事地在書桌工作，貞夏出門的話，我就會癱倒在沙發上一邊看著YouTube（以Guckkasten演唱會為主），一邊安撫著想死的心情。結果過了整整一年，貞夏都無法明白我內心有多麼痛苦。

當我平安度過那年，內心豁然開朗之際，我向四十歲中期要好的編輯和翻譯家說了這番話。

「到五十歲的話，麻煩找我請你們喝酒，到了那個年紀內心會非常難受，雖然我是一個人克服了，但我認識的人到了五十歲的話，我想我無論如何都一定要好好照顧他們。」

去年，藝人全美善[6]小姐離開了人世。那麼美麗又有能力的人怎麼會這樣呢？我驚訝地讀著報導，看到她的年紀後便稍微能夠理解了，享年五十歲[7]。同樣的重量，有時會感到更為沉重；同樣的黑暗，有時會感到更為深沉。即使是平常可以輕鬆克服的事情，有時也會變得難以承受。有人說這是憂鬱症、更年期，但大概是因為努力活到五十歲，也到了會疲倦的時候，也到了癱坐時想哇哇大哭一次的時候了。既然旁邊有個五十歲的人，可以的話就不要逞強了，畢竟光靠硬撐或許會很痛苦。

6 韓國女演員，二〇一九年六月二十九日於韓國全州市某處飯店內輕生，被人發現時已無生命跡象，經送醫搶救後仍宣告不治。

7 此處以韓國式虛歲計算，實歲應為四十八歲。

這倒霉的低潮期

一、

儘管有許多想寫的話，但主語、助詞、賓語、動詞各自任意漂浮在我的腦海裡，完全不協助我創作文章，想法像蹩腳的算命師說要卜米卦，撒下的米粒卻凌亂地散落著，理也理不清。

這倒霉的低潮期。

二、

在我翻譯的小說中，有個活了九十歲的老婆婆在耕田時做出了這樣的獨白。

「從那時候起，我的人生就像黑白電視一樣失去了色彩。」

這個比喻，讓我心疼得停下了正在工作的手。

是呀，人生在世都會有吧？像黑白電視一樣失去色彩的時期。

雖然我不想活到九十歲，但我希望在人生的最後關頭，當回顧我的生命時，我能夠記得「我的人生像彩色電視一樣，顏色很漂亮」。如果失去色彩，就得要委託售後服務，讓它足以呈現清晰畫質，直到死去。

三、

我一邊翻譯著小說《海鷗食堂》，一邊把「好想去芬蘭啊！」掛在嘴邊。當我翻譯電影版《海鷗食堂》三個主角之一短髮的片桐入所寫的散文集《我的芬蘭旅行》[8]時，想著「真的好想去芬蘭！」

8 片桐入著，權南姬譯，《我的芬蘭旅行》，은행나무，二〇一三。

在翻譯益田米莉的散文時，又出現了芬蘭旅行的故事。

啊，請殺了我吧。

現在的我如果跟去過芬蘭的人吵架，好像贏得了，畢竟我對芬蘭已經比首爾還要瞭若指掌了。

四、

如果還有能耐得住寂寞的人就好了。
並排蓋起小小的屋子一起生活，在冬天的山村裡。

這是日本的僧侶詩人西行的詩。

「我！」雖然想報名，但他是活在千年以前的老爺爺。

五、

我在人們面前緊張的時候，就會一直碎念些沒用的廢話。我會毫無邏輯地不斷提起話題，想著「啊，現在眼前的這個人一定覺得很煩」。雖然這麼想，可還是無法停止碎念，在回家的路上羞愧得不知該如何是好。

無論是我、還是任何人來看，這都應該是我寫的文章。

但這其實是我翻譯的文章[9]。

9 上文為「益田米莉著，權南姬譯，《平凡如我的作家慢活》，이봄，二〇一五」中的一段文字。

我也開始習慣的凌晨三點

對於夜行性的我而言，凌晨三點以後的時間真是曖昧模糊。眼睛昏昏欲睡，可腦海中卻還是傍晚。如果要寫一篇文章，時間有點尷尬，就這樣去睡覺的話，也很浪費時間，可是不睡覺隔天身體又會很累。

如蜂蜜一般的凌晨時分，「該做什麼呢？要做什麼呢？」而掙扎著，經過窗外的車聲漸增，太陽悄悄上班之際，結果什麼事都沒做就睡著了。

我隔天起床後十分懊悔，結果當天到了凌晨三點左右，又是「該做什麼呢？要做什麼呢？」地掙扎著，最終與早晨的氣息一起睡著了。我好像意外地過著相當規律的生活。

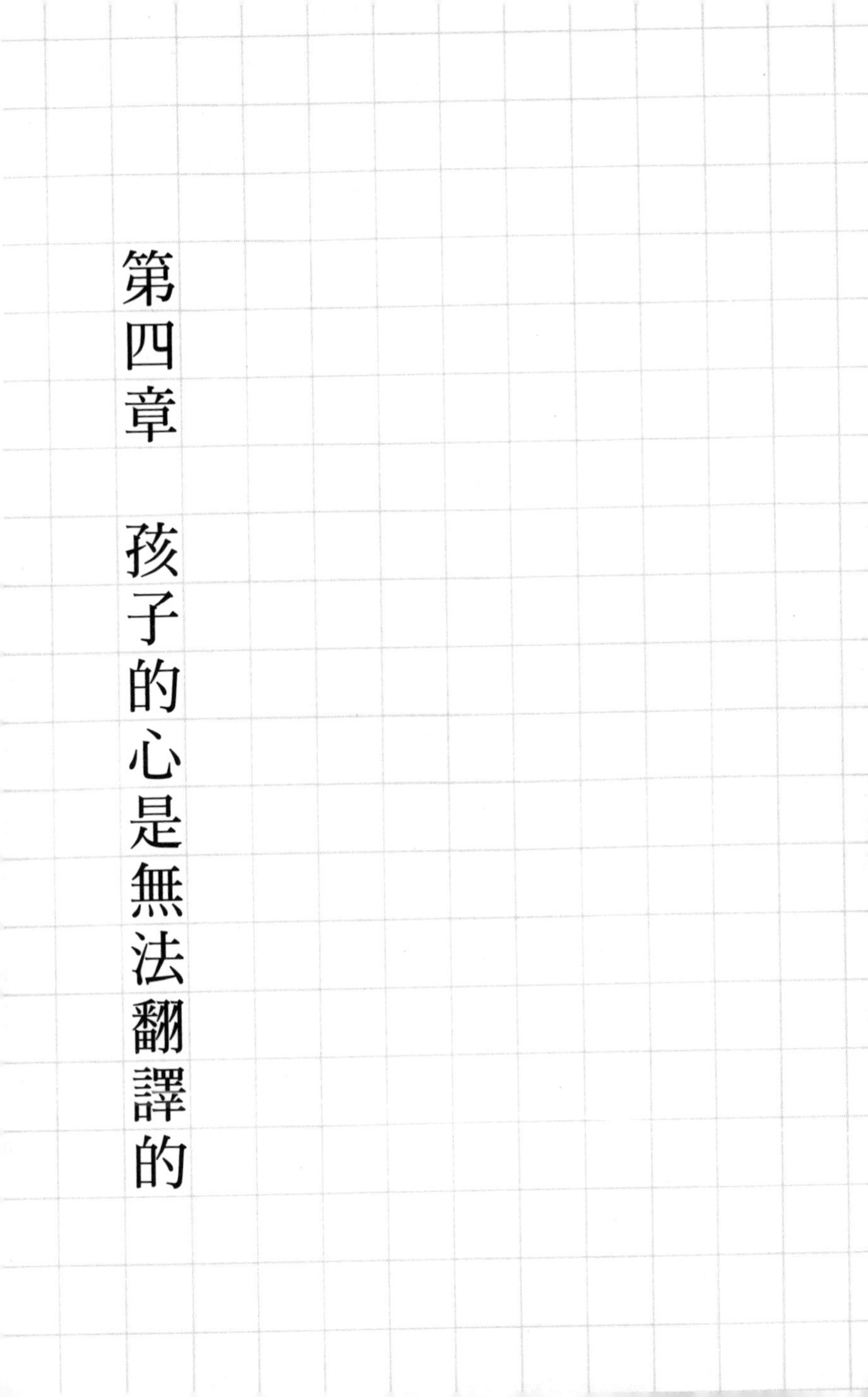

第四章　孩子的心是無法翻譯的

謝絕照片

「自己的小孩就他們夫妻才會覺得好看，我真的很討厭曬小孩照片的行為。看著並不可愛的孩子，我到底該說些什麼才好。」[1]

說著這番話，然後對熟人們的小孩照片感到憤慨的人，反而大肆地在曬自己貓狗的照片。以上的內容，不是出現在網路論壇上，而是出現在我翻譯的書上，讓我開懷大笑。

原來人心不分國籍，都是一樣的啊。

1 群陽子著，權南姬譯，《不適合我，那就不做》，이봄，二〇一九。

主客顛倒

一、

那是路痴貞夏第一次獨自去日本旅行的時候。

我出於擔心不斷地對她千叮嚀萬囑咐，結果她說：

「媽媽，我小學時連英文都不會，就在成田轉機，自己去了趟美國。現在我二十二歲了，又會講日文，為什麼還要擔心我？」

「妳難道是因為不會韓文才一天到晚迷路的嗎？」

雖說比貞夏還要路痴的我沒有這樣碎碎念的餘地……。

二、

一心嚮往成為家裡蹲的宅女，竟然要出門了。我要和作家金荷娜、作家鄭世朗、A出版社代表、B出版社理事四位火熱的女性，在鍾路一家酒吧提早喝杯酒。

要出門的那天早上，我起床後慢吞吞地收拾著被子一邊碎念。

「啊，簡直像是什麼全國性的大日子一樣。」

結果身為她們粉絲的貞夏或許是擔心媽媽會失態，說了這麼一句話。

「去了不要太多嘴，不要炫耀自己的孩子，在那裡要謙虛一點，只要好好聆聽她們是如何成功的，帶著什麼樣的想法生活就好。」

孩子們在出門時聽到嘮叨的心情原來就是這樣。

從妳的媽媽身分畢業

以前，在每日新聞的讀者欄裡曾經刊登過一位母親的文章，寫著「我要從媽媽的身分畢業了」，她的暱稱叫做「疲憊的媽媽」，年紀五十五歲。因為是同一個世代，光看標題就讓我頻頻點頭。文章的重點如下：為了不長蛀牙，從小讓他養成刷牙的習慣，他長大後卻變成了不刷牙的成年人；我每天晚上都念書給他聽，讓他養成讀書習慣，他卻長成了如果不是手機，根本不會閱讀印刷字的成年人；我貼上學校供餐表，在不重複菜色、考量到營養成分的狀況下來養育他，他卻長成了超愛吃泡麵的成年人；我為了教導他環境的重要性，甚至一起參與了環保運動，他卻長成了把房間當垃圾場在生活的成年人。看著孩子這樣長大，「疲憊的媽媽」作出了母親畢業宣言，現在該從媽媽的身分畢業了，她說在畢業之際，最後想再對兒子說一句，於是補上了這段話。

「謝謝你教會了我，還有努力、卻完全不會有回報的世界存在。」

不讓自己稱心如意的「大魔王」，是不是就是子女呢？但或許是因為子女也帶著自己的意志出生，不會如父母所願也是理所當然的。倘若雙方意向一致，實屬萬幸，但大部分時候都會有所衝突，只好以其中一方屈服的結局收場。

貞夏上中學的時候，時不時就會說出這樣的話。

「遇到像我這樣的女兒要感到慶幸，又善良，又會讀書，又有腦袋。」

每當聽到這樣的話，我的腦海就會忙碌地打轉，這種時候，該說什麼才能對教育有所助益呢？如果直接說出我內心的聲音，會是「真好笑」，但是身為一位夢想成為師任堂[2]的知識分子，我不可以這樣說話，只能以沒有靈魂的教育用台詞說「沒錯，媽媽也是那麼想的，謝謝妳」，用和「疲憊的媽媽」的「謝謝你」一樣的感覺、一樣的密度、一樣的感情。貞夏所言不假，她真的是個善良、聰明、有腦袋的孝女，但不是有所謂的「發瘋總量法則」嗎？除了可愛的時候，孩子也會遵從發瘋總量來欺負媽媽。總之「疲憊的媽媽」，恭喜您從媽媽的身分畢業。雖然我三番兩次說過要把孩子放下，然而這並不容易，所以才會說孩子是討厭鬼。

2 朝鮮王朝著名儒學家李珥的母親，被尊為韓國歷史上賢妻良母的典範，亦是韓國最大面額五萬元紙鈔正面上的人物。

我們社區的訓導隊長

把老犬交給動物醫院美容的期間，我決定在旁邊的咖啡廳看校樣。因為是上午時間，咖啡廳沒什麼人也很安靜，真是無比適合工作的環境，於是我哼著歌投入了工作，過沒多久，來了兩個繫著嬰兒背帶的人，坐在一旁的座位上。小寶寶真可愛，我想雖然很吵不過也才兩個人，但此時卻又來了好幾位，看她們說著「您是哪位呢」、「原來您就是那一位啊」的模樣，應該是媽媽的社群聯誼聚會。完蛋了，不過咖啡廳本來就是這樣的地方，這時候由我來換座位才是正確的，可我怕猛然站起來的話，看起來會像是因為生氣而移動，於是我慢吞吞地整理著校樣，一位孩子媽媽的教訓聲音鑽進了耳朵裡。哇，有生以來第一次聽到那麼肉麻的教訓，而且這教訓內容真是太令人傻眼了，於是我暫時停下動作，側耳傾聽。

「○○的嘴巴是為了講漂亮的話而存在的，所以媽媽才生了漂亮的嘴巴給你，對吧？用那麼漂亮的嘴巴可以這樣大叫嗎？還是不可以這樣呢？」

聽她教訓的是躺在嬰兒車裡七、八個月左右的小寶寶，因為心情很好，咿呀大叫了一聲便遭到了責罵，儘管咖啡廳裡應該沒人覺得那個小寶寶的聲音很吵。

當然，跟就算孩子在咖啡廳裡吵鬧亂跑、也絲毫不制止的媽媽相比，她優秀了一百倍。雖說如此，有必要用那麼肉麻的台詞來教訓孩子嗎？其他在一起的同輩媽媽聽著也感到難為情，便各自都說了句話。

「這個年紀就要教訓他嗎？」

「孩子他聽不懂不是嗎？」

結果小寶寶的媽媽很有自信地回答。

「我家孩子全都聽得懂。」

她說她在家裡也經常教訓孩子，孩子全都聽得懂。雖然教訓本身並沒有不好，但我也想教訓她不要因為不該教訓的事情，在公開場合那樣肉麻地教訓孩子。

……現在也不是對別人教育方式說三道四的時候。前幾天，我聽到女兒埋怨說，因為我對經濟的教育方式有誤，讓她沒辦法過上正常的消費生活。她說因為媽媽使她養成了儲蓄的習慣，即使現在長大成人了，也沒辦法好好花錢。又不是讓她養成了過度消費的習慣，而是儲蓄的習慣，竟然還被她埋怨，這讓我感到很委屈。就像已經過世的祖先好欺負一樣，對孩子們來說，媽媽就是顆軟柿子啊。

冷凍了二十一年的緣分

我懷上貞夏的時候，參加了在三鷹市公所舉辦的母子教室。當時我認識了三位朋友（小澤、村上、葉山），我們產後也會每個月聚一次大聊育兒經。因為年紀相仿，情感也相通，再加上產期相近，所以每次見面都很開心。但後來我回到韓國，還經常搬家，於是就失去了聯絡，有時會好奇孩子們長得怎麼樣了、媽媽們又過得如何。雖然我很想念這些朋友，但我覺得要能再度重逢是很困難的。不過，天啊，就在幾年前，時隔二十一年的我們取得了聯絡！據說把孩子們都送上大學後，空出餘裕的她們聚在了東京某處，想要利用一切線索來尋找權小姐。

一聯絡上之後，她們就立刻建立了名為「一九九五母子學校」的LINE群組，邀請我加入。和早早就成為單親媽媽的我不同，她們三位依然與老公幸福地生活著。

不知是怎樣的命運，在我收到她們聯絡的幾天後，貞夏的交換學生錄取名單公布了。我第一時間在LINE上告訴她們這個消息，她們像是自己的事情一樣開心地向我祝賀。出生十三個月後就再也沒看過的小寶寶，現在成為了日文系學生出現在眼前，這種宛如連續劇般的情況發生了。

她們彼此都自願當起了第二媽媽，在物質與精神兩方面照顧前往東京的貞夏。買給她好吃的食物、送給她日用的糧食、生日還送了她花和項鍊當禮物。在煙火大會時也讓她穿浴衣，準備了很多好吃的食物過去，向她展現日本煙火的精髓。她們還曾經在貞夏打工的牛排專賣店裡聚會，把貞夏工作的身影拍成照片和影片傳給我。除了我，還有人能夠在第一時間看到女兒在異國打工的身影嗎？貞夏穿著牛仔制服，用流暢的日語在入口處引導客人，不管是她們還是貞夏，都讓我很感動，不禁覺得自己是做了什麼事，才能遇見一群這麼好的人。

接下來我們還舉行了「母子教室同學會」。時隔二十一年在東京見面時，像電影一樣哭得唏哩嘩啦。她們為我準備了一日遊，一見面就坐上了小澤的汽車，奔向看得到富士山的河口湖，不停暢談著積累的話語。她們完美地預先準備了途中順道前往的旅遊景點、享用午餐和晚餐的餐廳，甚至還有歡迎蛋糕和禮物。如果問起我人生中最幸福的日子是何時，雖然過去並沒有能讓我一下子想出來的日子，但現在會首先浮現出同學會那一天。她們把當天拍下的照片製作成小冊子送到韓國，又讓我在最後感動了一次。

沒想到在三鷹的短暫緣分冷凍了二十一年，竟然會在貞夏去交換學生時解凍。她們難道是神為我們母女送來的禮物嗎？多虧了這三位第二媽媽，讓貞夏平安地在東京度過了一年，也帶著大有長進的日語實力回來了。我們在LINE上討論今年要在韓國舉行四人聚會，貞夏和我正為了報恩而興奮不已。

身為打工前輩的建言

貞夏在大學三年級時去當了交換學生。就像我們即使大學畢業，英文會話還是講得不好一樣，當時貞夏的日文會話也尚未熟練。但因為要賺生活費，她還是乖乖地努力翻閱招聘欄尋覓打工。那是一家位於池袋的牛排專賣店，我要對店長的眼光給予高度評價，錄取了這個連話都說不太好的孩子。聽到她說「媽媽，我開始打工了」的時候，我說「哎呀，那間店真幸運，居然錄取了妳」。這是真心話，貞夏是個善解人意又很有工作頭腦的孩子。

身為在東京打工的前輩，我傳授給貞夏一項品德。

「在上班時間裡，不可以因為沒事做就靜靜站著，一定要找點什麼事來做，就算妳負責櫃檯，櫃檯沒有客人時，也要整理周圍、打掃衛生。因為在餐廳裡到處散落著該做的事情，所以就算不是別人叫妳做的工作、被交付的工作，也要找點什麼事來做。」

結果每次遇到去打工的日子，她就會傳訊息來說「我今天也是一刻都沒閒著，努力找事情來做了」。據說店長也自誇地說自己太會選人了（笑）。

我在東京打工時也是二十來歲，某天住在東京的夫妻朋友來我打工的地方拜訪。當時公司有一位五十幾歲的執行董事是位單身女性，所以我和她十分要好，我常常跟她講這對夫妻朋友的事，於是她便邀請了這對夫妻，說要請他們吃飯。當時夫妻朋友中的老公在讀研究所，老婆是公司職員。那時候朋友對我說的話，就是我對貞夏說的話。在這裡上班時間不可以因為沒事做就閒著，不要因為沒有客人就發呆，要做點事情，沒事的話就擦擦商店玻璃窗、打掃地板。當時負責玩偶店櫃檯的我在沒有客人時，就漫不經心呆呆地站在那裡，如果叫我整理這一格的玩偶，我也只會整理好那一格，接著重新開始發呆，根本毫無工作頭腦。這是我有生以來第一次嘗試勞動工作，還偏偏是在東京。

聽完朋友的話幡然醒悟的我，從隔天起就開始努力找了各種事情來做。不光是擦拭玻璃窗和地板，還把玩偶到處換位置陳列，以塑膠封袋把縫製玩偶包好，再用緞帶漂亮地綁起來。

幾天後，那位執行董事問我：「是什麼事讓妳整個人發生了一百八十度的轉變呢？」我把朋友的話告訴她以後，還發生了董事和社長感動得打算把朋友網羅到那間公司的趣事。

有朋友給予建言是幸運的，能將朋友的建言原封不動地轉達給女兒也很幸運，有個能夠好好接受這項建言的女兒更是幸運。正好我二十幾歲工作的那間公司，名字就叫做三幸。

我心愛的小狗——大樹

我家有隻十四歲的西施犬，名叫大樹，是貞夏和我在世界上最心愛的生物。出生後第四十五天來到我們家的大樹，十四年裡沒有一天不可愛、沒有一天不討人喜歡。然而與出眾的美貌不同的是，冷冰冰的大樹擁有比誰都還頑固的「狗行狗素」風格，對我們沒什麼興趣，一概不搭理人們的喜怒哀樂。在YouTube上有許多影片會測試如果主人裝哭或裝死，寵物狗會有什麼樣的反應，但大樹不用試也知道，一定連假裝看一眼都不會。不過即便如此，貞夏和我依舊瘋狂深愛著大樹的每一絲毛髮、每一點皮屑。

如此心愛的大樹到了十二歲那年，開始變得哪裡怪怪的。我明明就在他前面，他卻跑來跑去到處找我；搭電梯時他不是面向門那邊，而是朝向另一邊站著；轉彎的時候一頭撞在牆上，地板上明明什麼都沒有，他卻抬高腿走路；以前散步時總是拖著我走的孩子，如今動不動就停下來站著不動。

是的，大樹正在逐漸失去視力。察覺到異常後去了動物醫院眼科，據說大樹因為視網膜病變，只剩下百分之二十左右的視力，晴天霹靂。視網膜病變不管是人或動物都沒有方法治療。儘管已經做好了覺悟，知道她跨越彩虹橋的日子早晚會到來，但眼睛失明是我們連作夢都想像不到的。聽說狗本來視力就比較弱，即使失去了視覺，憑藉著嗅覺也足以活下去，生活上不會有太大的障礙，但這件事還是宛如天塌下來一般，大樹居然已經看不到我們的臉了。哭、又哭、哭了又哭，這真是有生以來最悲傷的事情。

在眼睛突然失明的大樹與那般眼淚的洪水中，左衝右突地過了一年多，貞夏和我為了不把大樹獨自放在家裡，所以戒掉了外食，確認過彼此行程後才會訂下約會，一定要有一個人在家照顧大樹。儘管在失去視力的初期，我們自顧自地沉浸在悲傷之中，可不知道是不是出於看不見世界的不滿，大樹總是一味地隨地大小便，讓我們吃盡了苦頭。大概是因為集便器在主臥室，要走到那裡有些困難，儘管試著把集便器拿到外面來，卻造成了反效果，最好能把所有東西都放回她以前眼睛還看得到時的狀態。如今不知道是不是因為大樹已經習慣了看不見的生活，最近都有努力規規矩矩到集便器辦事。在路上到處碰撞，大小便還得要如此苦戰奮鬥，實在令人無比難過，但每次看到大樹最終成功辦完事回來的身影，總是令人感動不已，簡直像在腦內播放《常綠樹》[3]的音樂一樣。每次她「噓噓」回來，母女倆都像是看到她奪得金牌歸來一般，興高采烈地說著「做得好、做得好、做得太好了」，大樹也一起手舞足蹈地表示「雖然不知道我做了什麼好事，但給我吃的」。大樹的眼睛連白內障都患上以後，漸漸變得灰濛濛的，如今已宛若雪白的珠子一般。白色眼睛的大樹也非常可愛且討人喜歡，憑藉著那雙眼睛，早上依舊會噠噠地拍著我的頭叫醒我，要我餵她吃飯。十四歲依舊不變的食慾，讓我五體投地，我們的貪吃大魔王。

雖說犬命終究在天，但還是會期盼這隻眼睛看不見、又失去了聲音的小小老犬無論如何活得愈久愈好，這大概就是人的欲望吧。只希望餘生她能夠沒有痛苦地活下去，不要疲憊地度過就好了。我想要永遠變成你的眼睛呀，大樹。

3　一九七七年韓國民歌歌手金珉基在朴正熙獨裁政權背景下創作的抗爭歌曲，當時曾被視為「禁歌」不得播放，後來因為其莊嚴澎湃的旋律及歌詞，多次作為勵志歌曲用來鼓勵人們勇敢克服難關。

那是需要哭成那樣的事嗎？

我是個愛哭鬼，不知道是不是遺傳，貞夏也是個愛哭鬼。我不常因為悲傷而哭，也不會因為難過而哭，反而老是為了其他人不經意帶過、極其瑣碎的事情感到鼻酸流淚。

我和貞夏彼此流淚的點各不相同，結果愛哭程度排在全國前百分之一的我們，彼此都會覺得對方「為了那種事就在哭嗎？」而感到傻眼。

舉例來說，像是以下這種情況。有一次我把老犬大樹放進手提袋裡，在千元商店逛東西時，有個小女孩說「哇，是小狗」，一下子靠了過來，當時正好是大樹失去視力不久後。

「我可以摸小狗嗎？」

孩子用充滿好奇心的眼神問道。

「嗯，可以，不過小狗的眼睛看不見。」

是的，當時只要吐出這句話就足以讓我落淚，因此我強顏歡笑地如此說道。

「聽說眼睛看不見的話，其他感官會更發達，沒事的。」

天啊，那麼小的孩子居然會安慰大人！

在亮著數十盞長長的螢光燈、無比明亮的地方，我不過零點一秒就嘩啦啦地流下了眼淚，雖然別過頭假裝在看其他東西，卻還是抑制不住一湧而上的淚水，這是在大樹失去視力過後，我第一次聽到的溫暖安慰。後來我又問這偶遇的孩子幾歲，她回答說十歲。

我想把這件事說給貞夏聽，才剛說出「媽媽有一件超級感動的事情……」就已經淚如雨下。女兒說著「又開始了」並咯咯笑了起來，最後我哭到說不出話，只能用KakaoTalk傳給她。當時正值大樹失明而悲傷的時候，所以貞夏也認同那是值得一哭的事。

還有一次，在網路上看到的一則留言讓我非常感動，一看到就淚如泉湧，雖然我想把那篇文章說給貞夏聽，可光是憶及文句就讓我淚流不止，沒能開得了口，所以又用KakaoTalk對著在一旁的貞夏說道。

「高三的兒子在搞砸了大學入學考後，媽媽為了不對兒子表露心思，獨自在痛苦中掙扎，兒子靠近那樣的媽媽如此說道。」

「大概是因為我作為媽媽的兒子出世，把運氣都用完了吧。」

與流下感動淚水的我不同，女兒的反應很冷淡。

「雖然是滿感人的話沒錯，但有需要哭成那樣嗎？」

嗯……好吧，也許這是孩子無法理解的眼淚。明明他本人應該更悲傷、更難過的，竟然還用漂亮的話來安慰媽媽，雖然不知道他的大學入學考成績如何，但光是孝心就足以排在全國前百分之零點零一了。

聽完我的眼淚故事，貞夏說自己在網路上一口氣看完連續劇《未生》時，也看到一個場景讓她落淚。

「是什麼？」

「說出來的話我就會掉眼淚。」

結果她突然撲簌簌地流下了眼淚，一如往常地，這種時候總是一個人哭，另一個人在旁邊乾瞪眼。就在我催促了一會兒，正要放棄的時候，終於聽到了貞夏說的故事，果然讓人傻眼。

「李星民回到家說『爸爸當上部長了』，孩子們都很開心，接著問他們

『你們知道部長是什麼嗎？』他們說『不知道，但是爸爸在笑所以很開心』，結果我的眼淚就⋯⋯」

「是很感動⋯⋯但那個嘛，有需要哭成那樣嗎？」

切身感受到母女淚點差異的那天，我躺在床上忽然想起了貞夏的眼淚。

我想起了某年寫在聖誕節卡片上「距離上次看到媽媽的笑臉，好像已經隔了一百萬年以上了」的話語，這是在我五十歲低潮時的事情。我這才明白貞夏看到孩子們因為爸爸在笑而感到開心的模樣，那種淚如泉湧的心情。原本正準備睡覺而闔上的眼睛裡，淚水嘩啦啦地湧出。

不管怎樣無時無刻都在掉眼淚，所以大大影響到社交生活的我，如果你們見到我話說一說就突然流下眼淚，也請像看到鄰居家的狗打哈欠一樣無視我。

貞夏的「鬼話」

一、

在拜年時貞夏溫柔地說道。

「讓我們在新年裡幸福地生活吧，不要發脾氣，說話要保持微笑。」

「好啊，不過請考慮到媽媽更年期這件事。」

「這點我已經考慮超級多了。」

二、

我有些放在心裡的話，有機會的話，想在不傷感情的前提下提醒貞夏，正好當時氣氛和樂融融，所以我就在話題結束時，把那些話說了出來。平時她對於指責自己行為的話語，不是鬧彆扭，就是哭哭啼啼的，但不知道是不是氣氛使然，她只是靜靜地點了點頭，我心想「成功了」，她在結束談話後回到自己房間時，對狗狗說了這句話。

「哎呀，大樹呀，幸好妳姊姊不是個會記仇的人。」

三、

父親在花甲之年時，女兒和媳婦們共同訂做了韓服，連遠親都叫來舉辦了盛大的宴會。然而最近一次的花甲不過是普通的六十一歲[4]生日，似乎只有家人之間一起吃頓飯度過。雖然簡簡單單的很好，但當我在去了趟家人的花甲宴席回來的路上，就想到當事者會不會覺得有點不是滋味。

貞夏彷彿看穿了我的心意，說起「媽媽妳花甲的時候啊……」好像有什麼宏偉計畫般開了口。我偷偷期待了一下說「嗯?」結果她如此說道。

「不要大費周章去集合大家，就我們兩個人過吧。」

四、

貞夏莫名其妙地作出了這樣的提議，說以後我們一家人在生活上互相稱讚對方怎麼樣，還說如果稱讚對方「真漂亮」、「做得好」的話，就會真的變得更漂亮、做得更好不是嗎？聽起來是非常好的點子，於是我說「真是了不起的想法，好，就那麼做吧」，結果她定下了這樣的規則。

「從今以後，媽媽要稱讚我，我要稱讚大樹，大樹要稱讚媽媽。」

講那什麼鬼話。

4 韓國年齡多以虛歲計算，出生時就算一歲，因此此處多出了一歲。

關係

沒有好人壞人，
只有好關係與壞關係。
通常在關係被破壞以後，
會去指責對方說不曉得對方原來是那樣的人，
但那是關係變壞了，而不是人變壞了。

生活中沒有不變的關係。
所以我沒有自信能夠長時間
以好人的身分被某人記住。

上學時一起去廁所的朋友，
一起吃便當的朋友，
儘管當時迫切地需要那種關係，
可漸漸地就算沒有建立任何關係，
生活上也沒有任何不便之處，
因此懶癌患者的我很容易和他人斷絕關係。
再這樣下去，大概就是能跟世界都斷絕關係的氣勢吧。

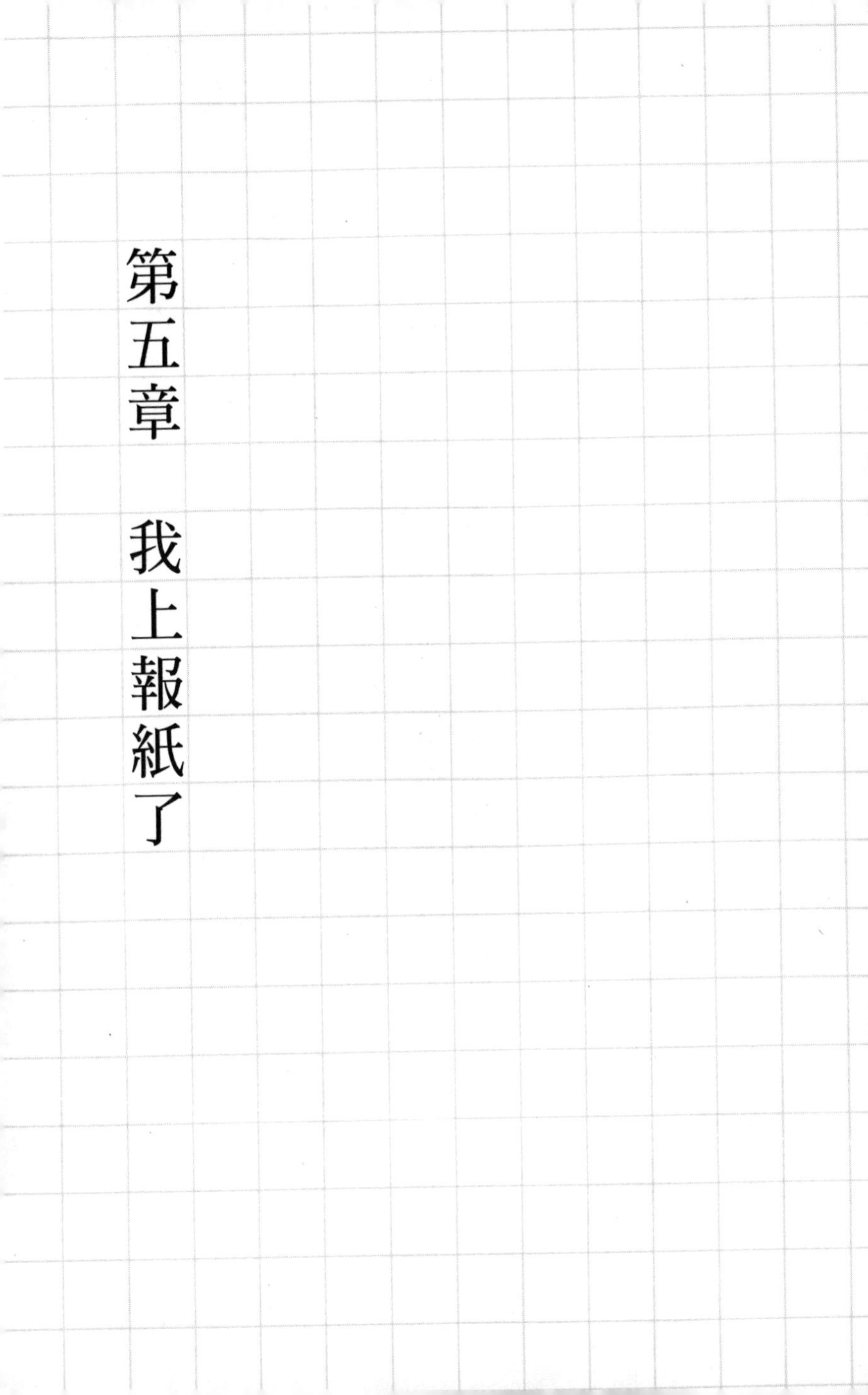

第五章　我上報紙了

我的命運竟令人稱羨

「媽媽妳真是生來好命，我要是也能像媽媽一樣好命就好了。」

貞夏說的這番話讓我一時摸不著頭緒，說我好命？所言確實不假，可似乎又不太對，雖然我無法否認，但要認同也有點冤枉。

雖然我的命沒有好到可以推薦給女兒，但值得慶幸的是媽媽並沒有看起來活得很累，比起像連續劇裡「我絕對不要活得跟媽媽一樣！」要來得溫暖多了。

貞夏並不是不知道我平靜度過了波瀾壯闊的人生，對此她幫我簡評：「就算沒人照顧，還是自己過上了精采生活的人。」她講話總是一針見血。

她會覺得媽媽好命，大概是因為我沒有在從事使用身體的勞動，主業的翻譯工作也只是坐在家裡敲敲鍵盤這種程度，副業的家庭主婦工作就隨便做做，畢竟是兩人生活；因為是單親媽媽，逢年過節不用去婆家受苦，回娘家也沒有人會使喚我做事。再加上就像她本人經常自吹自擂的一樣，孩子自己好好長大了，也不需要擔心孩子，所以媽媽很好命，就是這番道理，我無法反駁。

孝順與吐槽的分界

在網路上買衣服時，雖然會詢問女兒意見，但幾乎不會得到「不錯啊」的回覆。雖說二十幾歲和五十幾歲的眼光本來就不一樣，所以這也是無可奈何，但我們的品味本就是天差地遠，這孩子從七歲開始就不穿我挑的衣服了。即便如此，買衣服的時候出於不安而向旁人詢問意見，還是人之常情。

「這個怎麼樣？」

女兒就像看到了鄉下老奶奶為了過節在五日市集[1]狠心買下的粉紅色原點罩衫一樣驚嚇。

「欸欸欸，這不行吧，媽媽。」

因為每次詢問都被勸退，我就說那妳來幫我挑，她說：「我一點都不了解媽媽妳的品味。」我深思熟慮挑選後又問道。

「這個怎麼樣？」

「這衣服太像中年婦女了。」

「我就是中年婦女啊。」

「妳的臉不像啊。」

妳這麼看我，真是太感謝了。

既然這麼說，這次就在年輕女性的購物中心挑件衣服來問問看。

「媽媽妳五十幾歲了，這個不行吧。」

到底要我聽哪一邊才對啊？

某天，在出門的路上順便一起去了趟百貨公司。

1　韓國鄉村城鎮中每隔五天營業一次的傳統市集。

女兒大發善心似地如此說道：「因為我身材好，穿些便宜的衣服就行了，媽媽妳穿貴一點的衣服吧。」

真是個巧妙穿梭於孝順與吐槽分界的女兒。

早知如此何必當初

正好在我繁忙的截稿時期，我日本朋友的朋友和母親一起來到了首爾，說看到了雙層巴士想搭，問我該如何搭乘。我仔細搜尋了首爾城市觀光巴士，連搭過的人的心得也一一讀完，轉眼間就過了好幾個小時，在我都快要寫出一篇關於首爾城市觀光巴士的論文時，腦袋和手指又抽筋似地努力用日文說明了一番後，補上了一句話。

「你去問飯店櫃檯，他應該就會親切地告訴你了。」

媽媽的故事

一、

外甥傳了訊息說自己會在KBS2《2TV生生情報》節目上出現，所以叫我要看，隨後我也轉述給了媽媽。

「〇〇說他會上《2TV生生情報》，要記得看噢，你知道《2TV生生情報》吧？」

「當然知道啊，在第幾台播放啊？」

「在第七台，六點二十分。」

「啊啊啊，那我知道，我知道。」

於是我以為她都聽懂了，媽媽接著說了這句話便掛斷了電話。

「今天一定得要看《六點我的故鄉》才行。」

二、

「媽媽，妳有在看《請給一頓飯Show》這個節目嗎？」

「沒有，我沒在看。話說妳有在看那個嗎？」

「哪個？」

「姜鎬童到處討飯吃的那個節目。」[3]

「媽媽，妳知道獨立門嗎？」

---

2 韓國廣播公司，韓國三大無線電視台之一。

3 在《請給一頓飯Show》裡，姜鎬童到處討飯吃。

「知道啊，不是發生火災燒掉了嗎？」

（那是南大門。）

「媽媽，妳知道仁寺洞嗎？」

「知道啊，就是賣破東西的地方。」

（應該是古董吧。）

「媽媽，貞夏獲選為樂天獎學生了。」

「（對其他人說）我家孫女在樂天百貨抽籤中獎了。」

三、

我做了媽媽喜歡的越南春捲帶過去。

她果然十分開心，飽餐了一頓。

接著在我準備回去時她如此說道。

「妳吃苦，我吃補。」

媽媽，妳該不會在看《Show Me The Money》[4]吧？

4 韓國的饒舌歌手選秀節目。

爸媽，我上報紙了

在沒沒無聞的時期，母親說：「報紙上怎麼都看不到你的名字啊？」羅曼・加里（Romain Gary）[5]便拿了某位女性作家的幾部短篇小說給她看，說道：「這就是我，我用化名在寫作。」以謊言來安撫母親。

看到這段文字，讓我想起了媽媽的故事。

某天在接受完報社採訪後，我告訴媽媽說：「明天我會出現在〇〇新聞上。」

她沒什麼特別的反應。結果在一個月後，她打了電話過來。

「我剛剛去地鐵站買了報紙回來，妳沒出現在上面啊。」

父母雖然知道我從事「把日文翻譯成韓國語的工作」，卻從未看過我翻譯的書，畢竟他們好像沒什麼興趣，我就沒有拿給他們看，但我沒想到他們沒興趣到這種地步。當《在翻譯界死去活來》出版時，因為書裡有作者照片，我猜想他們看到女兒的照片時，應該會感到有點驕傲吧。然而父親一如預期地漠不關心（當時他人在療養院，所以還能理解），媽媽看到後則胡言亂語道：「啊，我們院長也出書了啊。」所謂我們院長，其實是用一大包衛生紙誘惑老人們，並向他們兜售醫療器材的老闆。啊，拜託請關心一下女兒。

5 法國著名小說家、劇作家。

思念的父親

八十三歲的父親沒什麼力氣，連礦泉水瓶蓋都開得很吃力，雖然沒有特別明顯的病痛，卻也過得和臥病在床的病人沒什麼兩樣。他也曾經獨自搖搖晃晃出門，坐上計程車說道：「來去（大邱）大新洞吧！」結果司機把他送到首爾的大新洞下車，他因此迷了路。他總是把首爾誤認為自己度過黃金歲月的大邱。父親整天都在昏暗的房間裡睡了又睡，因為怕他寂寞，有天我就拿著筆電回了娘家，在父親旁邊工作，雖然房間裡散發著濃濃的老人味，但待在那裡還是可以忍受的。

父親睡覺時會反覆醒來，回頭看看在工作的我。每次我都以為他有什麼要找的東西，便問他：「爸爸，怎麼了嗎？」他則會說：「我只是想看妳有沒有在工作。」

就這樣每小時一次，頻繁的話每三十分鐘一次，他就會睜開眼睛回頭看我。

「爸爸，要拿什麼給你嗎？」

「沒有，我只是想看妳有沒有在工作。」

這樣的對話無止盡地重複，父親似乎擔心我會在他睡覺的時候回家，雖然我因為忙著工作沒辦法看著他，不過也許他其實沒在睡覺，反而一直看著我也說不定。當我還未婚在工作時，他會刨根究底地追問我「做那個可以賺多少錢」、「什麼時候拿得到錢」；我沒工作閒著的時候，他又會問我：「為什麼最近出版社都沒打電話來？」當時對著表面上是自由工作者、實際上是無業遊民的我火上加油的父親，如今既不會問我賺多少，也不會問我工作多不多，只是看著成了歐巴桑的女兒在一旁工作而感到高興，所以才會一看再看。

對氣味敏感、脾胃虛弱的我，由於父親房間日漸濃烈的惡臭，回娘家停留的時間越來越短了。即使我過去，父親也幾乎不太說話，只會一直躺在那裡，在我準備要離開向他道別的時候，他會說「怎麼這麼快就要走了？多玩一會兒再走吧」，並以熱切的眼神注視著我。我無法拒絕那雙眼神，只好一面問他「要玩什麼呢」，一面坐在一旁獨自說話。對於整天躺臥度日的父親而言，看著買一堆好吃的東西回來嘰嘰喳喳的我，也許是他唯一的樂趣。如果益田米莉的《永遠的外出》是在當時出版的話，我應該也會像益田米莉一樣採訪我父親：人生中什麼時候覺得最幸福（不知道他究竟有沒有幸福的時刻）、感到最後悔的事情是什麼（太多了選得出來嗎？搞不好他會為整個人生感到後悔也說不定）、如果重新回到年輕時期會想做什麼……自私、固執、脾氣衝動又是個小氣鬼的父親，讓家人辛苦了一輩子，無論從哪方面來看都是最差勁的老公、最差勁的父親，像這樣躺臥度日的時光裡，他都在想些什麼呢？

從我開始拿筆電去工作的那天起，約莫過了兩個月後的某天，父親離開了人世。我的父親，我想他這下子終於可以不用受苦過上好日子了，因此安心感比起悲傷更為巨大。勤奮到骨子裡，又吝嗇到骨子裡，總是拚了命地工作，一次也沒能享受過錦衣玉食的父親，這輩子付出了許許多多的辛勞就這樣走了。

父親過世的那天，我也一如往常地回了娘家，父親看起來力氣十分衰弱。媽媽大吐苦水說照顧爸爸非常辛苦，當時的媽媽也年屆八十，也不是能洗沾屎的褲子、尿床的被子的年紀了。由於我是在熬夜後小睡片刻過來的，於是大概過了一個小時就道別說：「我要走囉！」如果是在平時，若提早離開的話他應該會說：「這麼快就要走了？多玩一會兒再走吧。」可不知道為什麼，他卻以世界上最慈愛的眼神看著我的眼睛點了點頭，一生與慈愛相距甚遠的父親竟然……

我一回到家，就搜尋了我們家附近的療養院，畢竟不能再這樣讓媽媽繼續照顧父親了。過去父親健康不佳到需要換尿布時，也待過幾處療養院，但是在網路上找好、接著去拜訪的每家療養院，態度都很差勁，飲食也亂七八糟的，最糟糕的是根本不把躺臥著的老人當作人來看待，所以只要一提到療養院，父親就會大發雷霆，予以抗拒。不過如果把他送到我們家附近的療養院，我就可以每天去看他，也可以散步，偶爾還可以帶他到我家來。如果跟他說我會在他身邊悉心照料的話，父親應該也不會再抗拒到療養院了。

新找的療養院意外地近在咫尺，於是我立刻過去看看，那裡十分雅緻，猶如家庭一般，而且非常溫暖，我便申請了隔天就把父親帶過來。

我早該這麼做了……

我先拋下湧上心頭的懊悔感，並告訴媽媽我申請了療養院。媽媽因為能夠減輕負擔而高興，我也因為要把父親接到附近來的念頭而感到很激動。接著一個小時後媽媽打了電話過來。

「妳爸爸他走了……」

老奶奶的曖昧

之前作為共同譯者認識的八十四歲老奶奶曾說過「即使上了年紀，內心還是跟二十歲時一模一樣」這段話，好像真的是如此，因為媽媽跟我說過老人活動中心裡某位老奶奶的「曖昧故事」，如果把年齡遮起來，幾乎和年輕人的故事沒什麼兩樣。

據說，芳齡八十一歲的老奶奶某天去中醫診所發現了心儀的老爺爺，並給了他電話號碼，結果老爺爺真的打了電話過來，兩人便開始約會。在一個充滿粉紅泡泡氛圍的某天，兩人竟然從清涼里搭乘免費地鐵到仁川的月尾島約會。可惜的是，他們的曖昧也以此告終，據說去月尾島時老爺爺一毛錢都不肯花，老奶奶說他很小氣，就把他甩掉了。

聽完這個故事，我咯咯笑了一下，想了想又感到悲傷心痛。說不定不是老爺爺小氣，而是因為他從孩子們那裡拿到的零用錢寥寥無幾，或甚至孩子們不會給他零用錢，所以才無錢可花。如果是這樣的話，超過八十歲還因為沒錢被女生甩掉，真是太可憐了。不過也有可能他天生就是個小氣的老爺爺，又或者雖然老奶奶懷著單純的愛慕之心，但老爺爺只想乘虛而入，占這個對自己有興趣的老奶奶便宜。通常去月尾島的時候，至少會帶上生魚片價錢的約會費用吧？雖然不知道兩個老人心裡在想什麼，但年過八十還從清涼里到月尾島去約會，這份熱情和精力真是太棒了，要是事先知情的話，我會很樂意贊助這生魚片的錢。

讚啦！銀髮人生！

說出在憋在心底的那句話時

一、對客戶要有丟掉工作的覺悟。
二、對熟人要有斷絕關係的覺悟。
三、對兄弟姊妹要有在下個佳節前互不相見的覺悟。
四、對子女要有冷戰幾天的覺悟。
一定要做好以上的覺悟。
但就算把憋在心底的那句話說出來，也不代表就會有好事發生。

九十五歲想擁有的事物

我在洗碗的時候，看到電視上播放的日本節目裡，記者向九十五歲的鄉下老奶奶問道。

「老奶奶，您現在最想擁有的是什麼呢？」

就是啊。

究竟在那個年紀裡最想擁有的會是什麼呢？

是錢嗎？是健康嗎？

好奇的我關上了自來水，側耳傾聽。

老奶奶那沒戴假牙的嘴抽動了兩下，像是被問到什麼理所當然的事情一樣，吐出了這句話。

「男朋友。」

老奶奶，我向您致敬！

召喚記憶裡的沙悟淨[6]

那是我和媽媽一起去利川泡溫泉的時候，媽媽說既然來了利川，想順便去傳統市場買點大豆。但是飯店退房以後還是上午，路上沒什麼人，也不知道市場在哪裡，左顧右盼之際，媽媽捕捉到了路過的老爺爺，便湊上去搭話。

媽媽：「這裡有沒有賣穀物的地方？」

6　此處的沙悟淨為一九九〇年代韓國動畫《飛吧超級滑板》（又名幻想西遊記）中登場的主要角色之一，擁有聽力不佳、常與他人雞同鴨講的形象。

老人：「動物嗎？」

媽媽：「對，穀物。」

老人：「什麼樣的動物呢？」

媽媽：「穀物就是穀物啊，哪有在分什麼穀物啊？」

老人：「動物也有分種類啊，像蛇那樣的嗎？」

媽媽：「像大豆那樣的。」

老人：「妳怎麼在這裡找像熊[7]那樣的東西啊！」

7 大豆（콩，Kom）與熊（곰，Gom）的韓文發音相近。

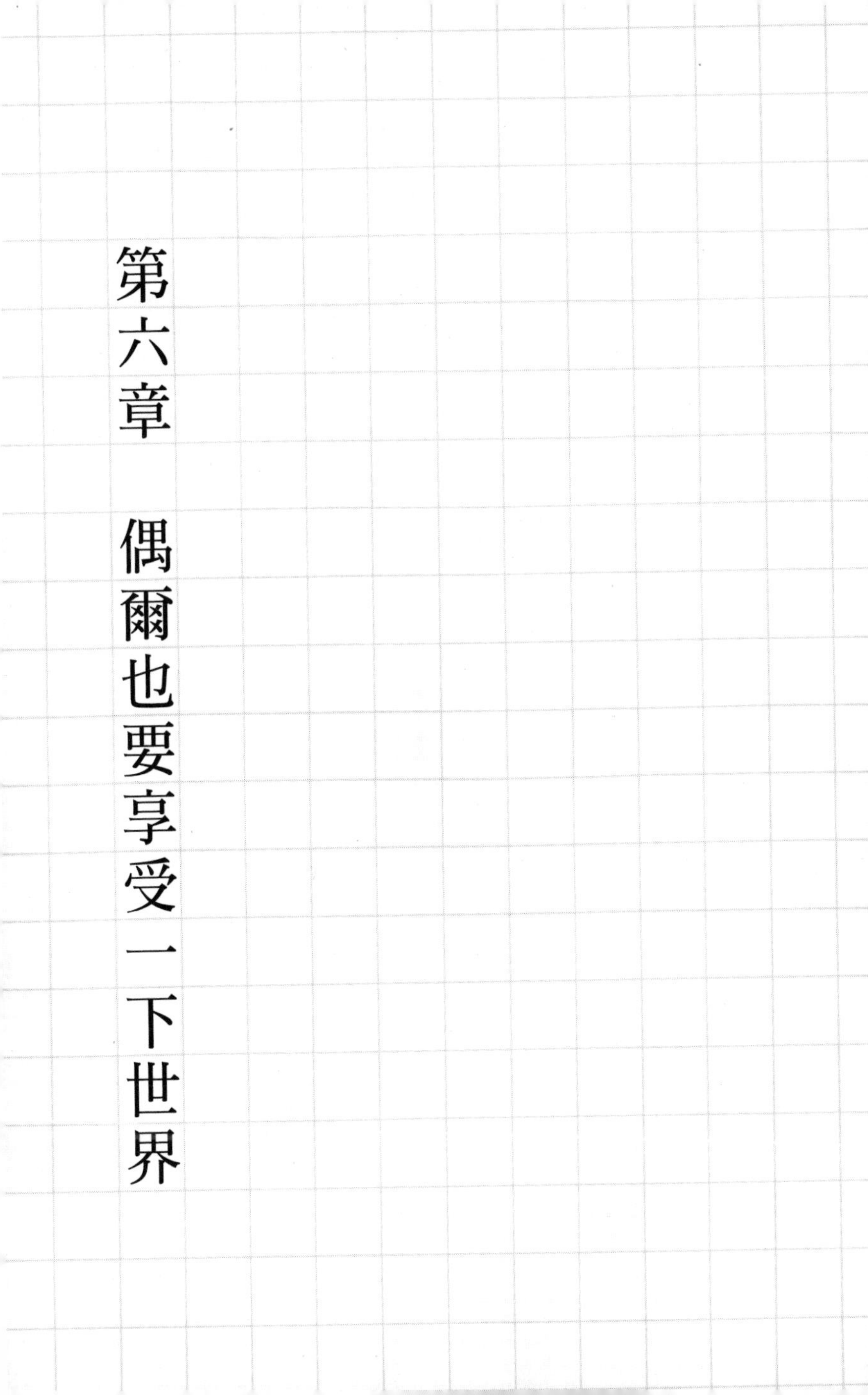

第六章　偶爾也要享受一下世界

大齡五十迷追星

我喜歡安靜，喜歡連低沉音樂都沒在流動的無聲世界，所以我完全無法想像播放廣播或勞動歌曲進行工作。獨處的時候我也會把手機調成靜音模式，如果不是女兒唱的歌，或是在路上從店家流瀉而出的歌曲，我幾乎不會主動去找來聽。這樣的我，竟成了玩弄吵鬧（以我的標準而言）音樂的搖滾樂團「Guckkasten」的瘋狂粉絲……這件事讓所有認識我的人都嚇了一跳，但我本人才是最驚訝的。我和其他人都預計大概一下子就會消退了，結果目前已經邁入了追星的第四年。我無一例外地參與了他們在首爾舉行的所有演唱會，還把Guckkasten的歌當成勞動歌曲來聆聽。

有人說再怎麼好聽的歌，頂多也只會聽個一兩次，但Guckkasten自出道以來發表的所有歌曲，我卻怎麼也聽不膩，每次聽都有截然不同的感受。其中我最喜歡的是一首以「故障的你翻開了抽屜，拿出了能讓你安眠的藥，並嘆了口氣說窗外太亮了……」歌詞為開頭、名為〈Vitriol〉的歌曲。但就在我說出這句話的瞬間，其他歌名也像遊樂中心的地鼠一樣到處蹦了出來。啊，是這樣的，這些歌就跟十隻手指頭一樣，我沒辦法只選一首出來。

我每一首都喜歡。

喜歡安靜的我並非打從一開始就喜歡Guckkasten的歌曲。第一次聽他們的歌時，我覺得那不是歌，而是印有怪異圖案的收音機。但後來我迷上了《蒙面歌王》裡「音樂隊長」[1]的歌曲，便開始在YouTube上搜尋Guckkasten

---

1　二〇一六年Guckkasten主唱河鉉雨參加韓國歌唱比賽《蒙面歌王》演出，以「我們社區音樂隊長」為稱號獲得九連勝，霸占歌王寶座長達十八週，因而聲名大噪。

的影片。一部、兩部一路看著，最後不知不覺看完了整整十年份的表演影片，更何況我是個自從事翻譯工作以來，一次也不曾平心靜氣看過電視的人。以追星Guckkasten為起點，我的生活路線好像從拚命的生活，轉換成悠閒的生活了。

我第一次去Guckkasten演唱會時十分焦慮，一個人去會不會有點尷尬？年輕人都在玩耍，而我這個五十歲的歐巴桑去了會不會煞風景？我嗓門又小，能夠好好地歡呼嗎？但這都只是杞人憂天。有很多人都是一個人來看演唱會的，中壯年也非常多，五十歲已經算不錯了，到處都能看到滿頭白髮的老奶奶穿著Guckkasten周邊T恤走動的身影，精采的表演也讓我的嗓門不由得大了起來。因為當時正值「音樂隊長」爆紅、風靡全國之際，蠶室體操競技場內座無虛席，演唱會更是令人感動不已。就這樣，從我開始參加演唱會起，已是第四個年頭。春天的HelloCon、夏天的SquallCon、冬天的HappeningCon，我都毫無遺漏地參加了。女兒在追偶像團體時，我總說「為什麼他們每年都要舉辦一次演唱會？」結果我實際追星以後才發現，一年三、四次都還嫌少。

追星Guckkasten，是我唯一為了自己花錢、花時間的脫序行為，也是一種嗜好、休息和娛樂。要是沒有「音樂隊長」的出現，我大概還在無聲的世界裡像牛一樣只忙著工作，感謝為我的生命帶來聲音的Guckkasten。

山茶花文具店的鎌倉

以鎌倉為背景的一部小說《山茶花文具店》，講述著經營文具店、從事代筆工作的未婚女性波波的故事，主要就是幫擁有各種故事的人們代寫書信。雖然這部小說其中收錄的溫暖手寫信也很令人感動，但以真名出場的鎌倉神社、寺廟、美食店家及咖啡廳一直吸引著我。在翻譯的過程中，手明明在敲打鍵盤，心卻在不知不覺間穿梭於鎌倉的神社及咖啡廳。好想去鎌倉啊！譯者在工作中著迷於作品裡的城市，便動身前往旅行，這話講起來雖然很帥，但現實中只會把翻譯費全都花在旅行費用上，讓當月收入統統歸零，這對於全職譯者而言無疑是個巨大的打擊。但為了看完這本書而染上「好想去鎌倉症」的讀者們，我作為代表去一趟鎌倉，把鎌倉的遊記寫進譯者後記裡如何呢？我冒出了這樣的想法。噢耶，好個絕佳的正當理由！就像立刻預訂KTX去釜山一樣，我預約了最便宜的機票，幾天後便咻一下飛往了東京。接著我就把以下的遊記如實寫進了譯者後記，除了鎌倉大佛和江之島以外，其他全都是小說中出現的地點。

呼嘯而過，又驟然遠去的東京車站。鎌倉從東京車站搭乘JR橫須賀線，要花五十五分鐘，即使從新宿車站出發也差不多，交通比想像中來得又近又方便。我決定要在短短一天之內，遊覽小說中出現的地點。儘管我對於體力虛弱的自己不抱期待，但還是有幾個地點非去不可：鶴岡八幡宮、鎌倉宮、壽福寺，還有西餐廳「花園」。我決定視我遊歷到此所剩下的時間長短，再來思考下一個目的地。如果一開始安排了過量的行程，在出發前就會感到疲倦，因此我並沒有太貪心，我覺得只要呼吸到鎌倉的空氣便足夠了，不過實際上能夠如願以償的旅行總是寥寥無幾。

第一個目的地是鶴岡八幡宮。我先在車站前的旅遊服務中心拿了一張韓文版鎌倉觀光地圖，折疊得整整齊齊的大型地圖上，詳細整理了所有交通資訊和觀光資訊，甚至連知名咖啡廳和餐廳的營業時間及價格都有。只要有了這麼一張地圖，即使是初訪鎌倉的人，也能夠像當地居民一樣從容地漫遊，當然也有像我這種例外的人。

旅遊服務中心前面有公車站，可以直接看到有名的小町路入口。小町路上琳瑯滿目的小玩意商店、漂亮的咖啡廳和餐廳林立，這裡既不繁華也不華麗，就像一條雅緻的小巷弄。這是主人翁波波載著腳踏車後座上的芭芭拉夫人騎過的那條路。雖然我早已下定決心「因為要去的地點很多，所以這條路就略過吧」，卻發現了一間酷似「山茶花文具店」的雅緻文具店，我猶如被磁鐵吸引般走了進去，花了不少時間逛信紙和明信片。雖然我鮮少寄送手寫信，但一看到信紙和明信片，雙腳卻依舊動彈不得。原來如此，我之所以對這部小說格外感到熱愛，也是因為我從小就特別喜歡寫信的緣故。啊，我沒考慮到行程，不小心在沒排進計畫內的文具店裡逗留太久了。

穿過小町街，我心裡想著若要去八幡宮，就得在這裡轉彎，便踏進了某條巷弄內，此時咖哩香伴隨著大排長龍的隊伍映入了眼簾。「難道！」我定睛一看，果然是鎌倉最有名的咖哩專賣店「Caraway」，這是QP爸爸邀請波波去約會，說要一起探訪咖哩店時出現過的名字。雖然我並不喜歡也不討厭咖哩飯，但那味道實在是太香了，讓我也想排隊吃吃看。但我已經有了下定決心要去用餐的地方，所以儘管可惜，也只好略過了，直到現在我都還在為略過它的事而感到後悔呢。

穿過波波每到春天就會和阿嬤去賞花的若宮大路（兩旁的櫻花樹成排佇

立，盛開的話大概會很壯觀），我總算抵達了第一個目的地鶴岡八幡宮。湛藍的天空、橙色的鳥居，漫長階梯的盡頭即為頗具高度的八幡宮，背景是草綠色的。那鮮明的色彩實在是太漂亮了，因此我沒有穿過鳥居就欣賞了好一陣子。因為沒有時間慢慢把八幡宮全部逛完，所以我只遊覽了幾個地方就出來了。

下一個目的地是鎌倉宮，我為了找公車站走到了大馬路上，各處精緻的韓文地圖對於路痴的我而言毫無用武之地。我在明亮的大白天裡摸索著走出來，無意間移開了視線，定睛一看前面竟然就是咖啡廳「Bergfeld」！這是波波與一行人在農曆春節進行七福神巡禮時，因為男爵提議一定要在這裡喝餐後咖啡，所以順道前往的那間咖啡廳，據說這裡實際上已有整整三十年的歷史。咖啡廳前面的迷你攤位有在賣白菜，它不是一球一球賣，而是把好幾個四分之一的菜擺成一排那種真正的迷你攤位。雖然不知道那是不是老闆，不過有一位大嬸站在攤位那裡，於是我上前詢問這裡到鎌倉宮需要多久、要在哪裡搭公車，順口說這家店有在《山茶花文具店》裡出現。她呵呵笑著說：「啊，常常有人讀了那本書過來，我也買了書但還沒有讀過。」看來果然有許多人在讀了書以後前來朝聖。聽說這裡的德國麵包和香腸很有名，要是能順道吃吃看就好了，可由於路途遙遠，只好略過了。這也令我後悔不已，胃太小真是種罪過。

搭公車到鎌倉宮用不著多少時間，與鶴岡八幡宮那股鮮豔的色彩不同，就只是經常看得到的日本神社。我在這裡體驗了連在鎌倉出生長大的波波也到二十幾歲以後才初次嘗試的「除厄石」。除厄石的意思是「消災解厄的石頭」。聽說好像只要對著如同醬油碟般又薄又小的盤子說自己哪裡不舒服，接著在（往裡面）吹氣以後丟向除厄石，要是碎掉的話，不舒服的地方就會痊癒，厄運也會隨之消散。費用是一個碟子一百日圓。雖然是很薄很小的盤子，然而在我前面丟的某個歐吉桑的碟子並沒有完全碎掉，毫無力氣的我丟出的碟子則摔得支離破碎。據說像這樣摔得越碎越好，小說中芭芭拉夫人的碟子就是像這樣碎開，令芭芭拉夫人十分開心。雖然不是什麼大事，但是心情真好。持續了一個月的咳嗽也在去了趟鎌倉之後痊癒了，這大概是偶然的巧合吧。

我從鎌倉宮搭公車再度回到了鎌倉車站。此時雙腿漸感疼痛，也到了該吃飯的時間，是時候前往第三個目的地了。對了，第三個目的地是波波和芭芭拉夫人坐上腳踏車騎過小町路去吃早午餐的地方，在鎌倉車站後面的咖啡西餐廳「花園」！原來這裡是經常被收錄在鎌倉導覽手冊上的知名地點。入口處擺放著「小狗狗WELCOME」的看板，讓我想起了留在家裡的大樹。

那是間擁有寬敞的庭院和別具風格的建築物所組成的高雅西餐廳，室內與庭院都擠滿了客人。明明是十二月中旬的天氣，竟然溫暖到即使在庭院用餐也不成問題。波波曾經說過：「花園就在紀伊國屋超市那個轉角、星巴克隔壁。目前這個季節，可以坐在庭院的露天座位，一邊眺望對面的一片悠悠山景一邊用餐，是一大享受。」我心想既然都來了，就也在庭院露天座位上坐了下來。每張椅子上都擺放著溫暖的膝蓋毯，雖然食物也很美味，乾淨又漂亮，但最重要的是，它讓人感受到這真是一間細心注重健康生活的餐廳。比如說在漢堡排中出現的沙拉，切成細絲燉煮的紅蘿蔔堆積如山，米飯則是百分之百的糙米，一看就知道是健康餐點。午餐時間的價格最便宜，大約要一千六百日圓，如果正在廉價旅行的話，用餐時選擇在「Caraway」吃咖哩飯或許會讓心裡好過一點。

接下來要去的地點是壽福寺，從鎌倉車站步行大約需要七分鐘，因為是直行的，所以很容易就找到路。這是開創了鎌倉幕府的源賴朝之夫人所建造的寺廟，也是波波的阿嬤在鎌倉最喜歡的地方。對一般人僅僅開放至中門，最多只能在參拜道路上散散步，鬱鬱蔥蔥的樹林間蜿蜒曲折的小路仿若美術明信片般美麗，據說這是鎌倉五山[2]中最為古老的寺院。

雖然體力逐漸不支，導致走路很吃力，但既然來到了鎌倉，就一定要看到鎌倉大佛，出於這份義務感，我前往了名為高德院的寺廟。這次得從鎌倉車站搭電車到長谷車站，在長谷車站下車後步行十分鐘。早知道要走這麼多路，我就不來了，在後悔的同時走著走著，高德院就出現了。付了入場費後一進去，就冒出了宏偉巨碩的大佛，高度據說有十一公尺，真的是太過巨大了。我心想儘管很累，不過還是來對了，同時在長椅上坐下，凝望了好一會兒。

要是當時把這裡當作終點返回東京就好了，但我又再度產生了「都來到鎌倉了，不能不去江之島啊！」這般魯莽的想法。有人說過在自助餐廳不享受食物，而是想著必須吃到回本的人，貧窮指數都很高；從另一種意義上而言，我也明顯是貧窮指數很高的人。然而都來到鎌倉了，不去江之島豈不是十分可惜嗎？就是那個除了漫畫《灌籃高手》和電影《海街日記》以外，還出現在無數日本連續劇中的江之島。

結果我還是去了江之島。因為從車站下來還要走一會兒，所以我一邊走又一邊後悔不已，但是，夕陽下的江之島實在是太美了，簡直像在誘惑我說「妳來得正好，喝杯啤酒再走吧」，所以我就喝了。一杯啤酒、一塊生魚

2 源於鎌倉幕府時代末期，幕府仿照南宋的臨濟宗五山，將鎌倉境內的五所禪宗寺院命名為「鎌倉五山」，依序排列分別為「建長寺」、「圓覺寺」、「壽福寺」、「淨智寺」、「淨妙寺」。

片，在好似忘卻世間一切煩惱的和平氛圍中，唯一的煩惱就是：「啊，我該怎麼回到東京呢？」

我明明最討厭缺乏餘裕的旅行，但不知怎麼搞的，這次鎌倉行卻變成了這樣的旅程。相信有人在讀了這部小說以後，會馬上制定前往鎌倉的計畫，也有人儘管想去旅遊，但礙於現實條件而力不從心。希望這能夠當作成行之人的指南（當得成嗎？）、無法成行之人的替代性滿足（雖然也無濟於事），出於這樣的心情，我拿雜亂的旅行心得代替了譯者後記。[3]

書籍即將出版之際，編輯傳來了這樣的郵件。

「在行銷會議上，大家異口同聲地說老師的後記令人印象深刻，非常感動人心。因此，有人提議以老師的後記採取病毒式行銷，如果老師允許的話，我們希望就這樣進行。」

哇啊，花光翻譯費去的這趟旅行真是值得。

啊，在鎌倉無論是學校操場、住宅圍牆還是店門口，到處都開滿了山茶花，所以作者小川糸女士才想到了《山茶花文具店》這個書名嗎？

---

3 上文為小川糸《山茶花文具店》韓文版的譯者後記。

特價松山三天兩夜

一如往常地，這是場衝動的旅行。因為厭倦了工作，我慢悠悠地在網路上徘徊，結果看到了「特價松山三天兩夜之旅」。

「噢，好便宜！」

我被特價和溫泉的魅力所吸引，對當時還是大學生的貞夏連哄帶騙，立刻就預約了。松山是位於日本地圖下方的小島四國的都市，有著名的道後溫泉，也是日本國民作家夏目漱石的代表作《少爺》[4]中，住在東京的少爺在成為中學教師後，第一次受命前往的地點。無論如何，對於四國，我只有在翻譯《少爺》時透過文字接觸過而已，是個非常陌生的地方。

工作到凌晨後，我就像要返鄉一樣，塞了幾件衣服便輕鬆出了門，不僅心情輕鬆，口袋也空空。為了維持特價旅行的意義，我決定自我節制購物，好好享受自然和溫泉。畢竟三天兩夜中的三餐都由飯店提供，我覺得應該也不會花到錢，只要帶最低限度的現金過去，現金花完再刷卡就可以了，完全沒問題……我本來是這麼想的，但不幸的是，這趟旅行有個致命性的大問題。

從仁川機場到松山花了一小時四十多分鐘，那是個宛如高速巴士客運站般雅緻的機場。這次我下定決心不能迷路，一定要順利過關，並從大門走了出來。然而機場太小了，根本就沒有可以迷路的地方，再加上志願義工熱情迎接，甚至把我送到搭機場巴士的地方。啊，溫暖的人情味。這是松山之旅

4　夏目漱石著，吳季倫譯，《少爺》，野人文化，二〇一五。

三天兩夜始終不間斷的溫暖。

巴士一出發，好像是因為有個旅行團一起上車了，所以有一位領隊拿著麥克風做觀光導覽，因為我沒有一邊聽領隊的說明一邊旅行過，有種賺到了的感覺。據說「鯛魚飯」在松山很有名，所以一定要嘗嘗看。我立刻搜尋了一下，原來是在鍋飯裡放進整條鯛魚的鯛魚飯。嗯……我一向忌諱挑戰新的食物，貞夏則喜歡嘗鮮，我們究竟會不會吃到這新的食物呢？

我們直到天黑時分才抵達飯店。巴士在黑漆漆的山中蜿蜒爬行，讓我感到有些害怕，也正因為在郊區所以才特價，但這裡是那種設施好到我去東京旅行時完全想像不到的飯店，甚至連晚餐都是海鮮自助餐，多虧了義工的熱情與免費巴士，從機場開始就興奮不已的我們，在吃晚餐的時候更加愉快了。吃過晚餐、泡完溫泉出來喝著瓶裝牛奶，快樂感達到了頂峰，不禁說道：「啊，這就是幸福啊！」我們慶祝著這次旅行圓滿成功，結果實在是慶祝得太早了。

第二天我們去了那個著名的道後溫泉，這裡作為日本最古老的溫泉，是個享譽三千年歷史的地方。然而，似乎就是從這時候開始，讓松山旅行漸漸蒙上了陰影。歷史悠久的本館，外觀十分漂亮，但內部則一如那古老的歷史般破舊而狹窄。再加上社區居民們熙熙攘攘，簡直像我們家以前在鄉下經營的澡堂一樣。原以為可以在寬敞的地方，安靜且從容地享受溫泉，不如預期的我陷入了驚慌。毛巾、肥皂、洗髮精等沐浴用品也全都要收費，更是讓人不知所措。如果能事先掌握資訊就好了。

因為這是我來旅行之前最期待的行程，所以失望之情不可言喻。雖然氣氛暫時冷卻下來，然而走出溫泉吃到了美味的午餐，又買了滿滿的紀念品

（不是說好不買嗎？）又再度開心了起來。在更衣室遇到的駝背老奶奶問我從哪裡來，當她知道我來自韓國的時候，那驚訝而讚嘆的模樣令人備感親切，或許以前來我們家澡堂的老人們也是這麼想的。

松山風光明媚，整個都市都很平靜，感覺時間流動得十分悠閒。如果向人們問路，對方也會竭盡所能為我指路。不管問任何人問題，對方都十分親切，讓人以為是不是有接待觀光客的指南，或是政府機關挨家挨戶發放「親切導覽手冊」。當我在路面電車售票處詢問松山著名的少爺列車哪裡買票時，職員還特意從窗口走出來，把我帶到少爺列車的售票處。當我向停下巴士的司機詢問我們要坐的巴士乘車處時，他從駕駛座上起身朝我這邊靠近，往窗外探出身子，告訴我乘車處的位置。當我向環境美化員老爺爺問路時，由於我聽不太懂方言，於是他一邊用掃帚在地板上比畫，一邊反覆說明了好幾遍給我聽。因為我是天下無雙的路痴，不管在首爾、東京還是大阪都經常問路，但像松山人一樣親切地為我指路的人，還是第一次見到。

到了第三天的最後一天，我們提早起床搭乘空中纜車登上了松山城。一直到在紀念品商店買紀念品的時候，都讓我感到很開心，覺得這是場成功的旅行。

然而，嘟咚！問題發生了。既然打破了先前不購物的決定，會衍生出問題也是在所難免的——現金枯竭。我直到去餐廳吃午餐時才知道現金所剩不多，背上直冒冷汗，來旅行以後原本一直和樂融融的母女氣氛也變得冷冰冰的。身上的錢不夠買領隊說的鯛魚飯來吃，於是不敢挑戰新食物的我點了炸豬排飯，本來想嘗鮮的貞夏也點了炸豬排飯，畢竟只剩下炸豬排飯的錢了。貞夏氣呼呼地抱怨：「都來到這裡了，還得吃隨處都吃得到的炸豬排飯嗎？」果然錢包裡沒錢的話就會吵架。餐廳裡不允許刷卡，老闆和店員都是

七、八十歲的老人，又是老舊狹小的餐廳（這是我們行前在部落格上找到的美食店家），所以不允許刷卡也是合情合理的，我只好哄她說餐後甜點再刷卡買好吃的東西來吃。

雖然我一邊說著「果然在當地吃到的炸豬排飯真是美味」一邊吃完了，但在毛骨悚然又冷冰冰的氣氛下，怎麼可能會好吃啊。結束空虛的一餐出來逛商店街時，我用身上全部財產的零錢拍大頭貼挽回氣氛，隨後走進了一家有名的甜點店。不擅長選擇的母女倆在挑了半天以後，卻發現不能刷卡。明明是全國連鎖店，怎麼會不允許刷卡呢？我們去了好幾個地方，但全都不能刷卡，唯一拯救了這對可憐母女的地方是星巴克。

去機場的巴士因為有免費巴士票，直接搭上去就行了。只要到了機場就可以刷卡，現在就算沒有現金也無所謂了。雖然放寬了心，然而不順利的旅程依然持續著。我們搭錯機場巴士了。誰會知道同一個地點每隔十分鐘就有收費巴士和免費巴士停靠啊？巴士出發後我才知道自己搭錯車了，不禁再度冷汗直流，這場旅行難道是恐怖體驗嗎？我走到司機那裡說明了一下情況，他只叫我們繼續搭。儘管我因為覺得丟臉所以講得很小聲，但貞夏說她還是全部都聽到了。啊，我的嗓門真是無法控制音量。在星巴克好不容易挽救回來的氣氛，再次於車上急速冷凍，又不是在製作什麼黃太魚[5]，即使抵達了機場，貞夏也始終氣呼呼的，應該是對愚蠢的媽媽感到心煩。從媽媽的立場來看，不能把旅行中產生的突發事件當作有趣經驗接受下來女兒也很令人心煩。彼此一語不發地等待著起飛時間，卻偏偏連飛機都出了問題，晚了一個半小時才起飛。和平的松山籠罩在可怕的沉默之中，這樣的沉默到了仁川機

5　韓國傳統食物，由明太魚在寒冷的冬天裡經過海風自然反覆冷凍、解凍後風乾形成。

場依舊持續著，回到家後也持續了好幾天。在那之後我們誰也沒有提起過松山的事，溫泉很棒，空氣也很清新，是個美麗又溫暖的地方，然而這是我們第一次在異地體驗乞丐生活，所以也許是本能地不願意去回想。

寫這篇文章時，我問她「妳記得妳去松山的時候有發脾氣嗎？」她說「松山的事我早就忘得一乾二淨了，我當時不懂事所以才那樣的，現在不會了」，承認了自己的過錯，沒有管理好經費的我也有錯。沒有做錯什麼的松山，卻成了母女倆最糟糕的旅行地點。

對不起，松山。

變老之前再多走走

為了獎勵認真工作的自己，我每年都會去一趟四天三夜以內的日本旅行，但歐洲旅行則是連作夢都沒有想過。基本上我是個全年無休的自由工作者，不管是在經濟上還是在語言上都有點負擔。最大的理由是，在每天都被截稿期追趕的現實中，長期與長途旅行是我連想都不敢想的。

在翻譯益田米莉的《一個人參加去看美麗事物的旅行》[6]時，我那顆堅定的心動搖了。內容一如其名，講述單身的益田米莉想在變老之前多去幾個地方旅行，在這個念頭驅使下，一個人勇敢無懼地參加了團體旅遊，充分說

6 益田米莉著，權南熙譯，《一個人參加去看美麗事物的旅行》，이봄，二〇一八。

明了團體旅遊的優缺點、享受團體旅遊的訣竅、需要準備的物品、購物清單等。

翻譯這本書打破了我對團體旅遊先入為主的成見，我覺得團體旅遊要被時間追著跑、只能去踩點而不能夠好好享受、團進團出很不方便、一大早起床就被到處牽著走活受罪、必須長時間搭乘巴士，我絕對辦不到……我原本是這麼想的，然而，在讀過變成了「團體旅遊愛好者」的益田米莉的遊記後，一切看起來比想像中來得輕鬆愉快。我原本認為旅行就應該去自由行，所以不諳歐美語言的我總是畏縮不前，這樣的話去一次看看也無妨吧？就像益田米莉「變老之前再多走走」的焦急感一樣，以緊迫性而言算是同世代的我，也覺得這是件焦急而迫切的事。現在雙腿就已經很虛弱了，要是上了年紀豈不是哪裡都去不了嗎？通常不能去旅行的理由都是「有時間的話沒有錢，有錢的話又沒時間」，但如今就算有錢有閒，也會因為身體力不從心而去不成，這樣的日子已經不遠了。我也好想在變老之前趕快再去哪裡走走！

旅行講求時機

正當我這麼想的時候，我見到了許久未見的大學朋友貞美和學妹恩珠。貞美在團體旅遊中認識的人，幫我們介紹了一家位在楊平的豪華餐廳，我們在那裡用完餐後，又去了漂亮的咖啡廳聊天，正當話題將盡，我覺得差不多要回家時，貞美說了這樣的話。

「我們要不要組個旅遊互助會去一趟東歐旅行？東歐旅遊行程很便宜。」

如果是以前的我，大概會一笑置之地發出「呵呵呵呵」（毫無現實感的聲音），但是人生講求時機，我剛翻譯完上篇提到的益田米莉的書，所以對團體旅遊的好感指數滿點，出於「在變老之前」的焦急感，我的心也為之動搖。不管未來的我在回程時會有多辛苦，就賭一把吧！說著便開始為了旅行基金存錢。

過了五十歲後，歲月流逝得飛快，一下子就過了一年，旅行基金也到期了。接著我們在聊天群組裡討論要選擇哪一個東歐行程，第一次去歐美旅行的我覺得既然去了，就想順路多去幾個國家，然而經驗豐富的貞美和恩珠則認為，如果要去好幾個國家的話，大部分時間都會在巴士上度過，最好是挑一兩個國家從容地遊覽一下，因此我們選擇了捷克加波蘭的方案，因為看到只要再三個人便能出團，於是就選了它，結果要預約時負責人如此說道。

「其實預約人數是假的，預約的人只有你們而已。」

啊哈，原來這個地方的制度是這樣的。即便如此，我們依然抱持著「之後總會有人預約吧」的想法耐心等待，然而一個月之內一個人也沒有，只好取消了預約。因為沒有任何一家旅行社有捷克加波蘭的行程，於是我們改成了匈牙利、奧地利、捷克三國的行程。這也是在看過預約人數後，覺得出團可能性比較高才預約的，但可能這次數字又是虛構的，所以同樣因為人數不足而無法出團。因為三個國家的行程也不多，於是接下來便預約了匈牙利、奧地利、捷克、波蘭四個國家的行程。儘管這是我們最滿意的行程，但果然還是無法出團，畢竟大部分旅行社都會哄抬出團人數，這個行程在我們預約當時是確定出團的，卻在距離出發日僅剩八天的時候才隨便謊稱五個人突然退出，建議我們改成其他日期。

結果，在出發前一星期，我們以原本決定要去的日期，先「隨便」挑了個已確定出團的行程結帳了，畢竟去哪裡不重要，跟誰去才是最重要的。一開始雖然排除了包含德國的行程，結果還是加入了德國；本來說不喜歡多國行程，卻變成「德奧斯匈捷五國」；原定八天七夜，也成了十一天十夜。然而我並沒有覺得沮喪，而是微妙地感到期待。經過多次搜尋、無數次預約和取消才終於邂逅的旅行，究竟會是什麼樣子呢？又會遇到什麼樣的團員呢？

在結完帳後，我才開始對旅行感到激動了起來。其實兩個月以來反覆搜尋、預約和取消，讓我在尚未出發前就感到疲憊不堪，原本還希望要是有人能率先提議取消旅行就好了。距離出發還剩下幾天，行李也全都收拾好了，這下子只要出發就行了。就這樣等待著出發的那一天，我想錢都交了，應該不會有什麼事導致生變吧，但旅行果然直到飛機起飛前都不能安心——發生了恩珠因腰椎間盤突出而放棄旅行的事！其實大家都會一起變老，彼此平等相待也無妨，但恩珠覺得我們是大一屆的學姊，所以對我們總是很有禮貌，她為了不破壞氣氛，一直努力接受治療，距離出發剩下幾天才不得不放棄。儘管感到十分抱歉與惋惜，然而距離旅行只剩幾天了也不能取消，於是我決定和貞美兩個人一起去。連喜歡在人際間築起高牆的我都跟貞美成了朋友，三十四年以來我們建立的不是高牆，而是真正的友情。在陰錯陽差之下，第一次的長途旅行就成了我與摯友兩個人一起前往的友誼之旅。

為他人空出身旁

我們飛了十一個小時又五十分鐘降落的地點，是與整個行程無關的義大利威尼斯機場。接著搭乘三個小時又三十分鐘的巴士前往的當天住處，同樣與正式行程無關，是位於斯洛維尼亞鄉村宛如農莊的地方，既沒有空調，在馬糞、牛糞的氣味下也開不了窗戶（那是八月的最後一週）。我們都是老大不小的人了，又不是國中教育旅行，原本覺得這也太過分了，不過想一想，這也是與我們付出的價格相符的待遇。我在來之前已經看過了好多東歐團體旅遊心得都說「不要期待住宿與食物」，所以做好了適應任何環境的萬全準備。聽說有很多住宿都沒有電梯，我們雖然是手動式的，但光是有電梯就很值得感謝了。我們把在休息站買的斯洛維尼亞啤酒當作晚餐，結果怎麼會這麼好喝啊？貞美和我的個性、喜好和思考方式全都有一百八十度的不同，如果說貞美的氣質既有深度又穩重，而我的氣質則是幼稚的笨蛋，這應該是很精準的描述吧？這樣的我們，為數不多的共通點就是愛喝酒，但並非喝酒喝到爛醉如泥，只是如果在白天見面，比起咖啡更偏好啤酒的這種程度罷了。因此，從斯洛維尼亞啤酒開始，我們十天裡的午餐和晚餐都把啤酒當作佐餐酒，晚上則在住處啜飲東歐啤酒。我們反覆著迷於東歐啤酒，怎麼會如此便宜又美味呢？

同行的旅遊團員包含我們共十六名，已是資深老手的領隊是一位未婚女性。早上一搭上巴士，她就會拿起麥克風低聲碎念，團員們則當作催眠曲睡覺。過了十天在回程的時候，她說：「只要我一拿起麥克風，各位就會休息，一關上麥克風就會起床。」總是毫無反應的團員們第一次笑了出來。我原本還希望領隊是個充滿活力的人，但到了回程之際我也適應了她的導覽，感到很輕鬆。她既不親切，又不溫柔，卻也不會讓我們產生非得附和她不可的心理負擔，果然人還是要有適當的冷漠與距離，才最能夠讓對方感到輕鬆也說不定。

除了我們以外的十四名團員，由三組六十幾歲的夫妻、一組五十幾歲的三姊妹、姊妹及女兒組、父子組所構成，下至十八歲，上至六十八歲。在威尼斯機場降落後第一次見到團員時，因為印象不是很好，原本想說在走之前都只要和朋友一起玩，然而這讓我重新體悟到一個事實：不能光憑第一印象就存有偏見。他們都是超級好人，在仁川機場解散時，感覺要道別的話會哭出來，所以我頭也不回地離開了。一開始在吃飯時會想和同齡人坐在一起，但後來無論與誰同坐都很愉快。團員們總是在約定時間前提早集合。益田米莉的書中出現過這樣的故事，說他們彼此為了要坐到前排座位，每天都提早出來競爭。但我們團員直到結束都坐在一開始坐的座位上遊覽，沒有競爭，沒有餐廳的搶位大戰，也沒有吵吵鬧鬧的人，一直都安安靜靜的。用餐時，如果與比我們年長的人同坐，他們也會請我們喝啤酒，在東歐邂逅的韓國式情誼令我很開心。對於初期沒能敞開心房度過的那些時光，只能感到遺憾。雖然我很想要再與這群團員們一起去旅行，但旅途的緣分終究以旅途的結束作結，我連他們的聯絡方式都不知道。

東歐旅行的發現

我在旅行期間，又發現了一項自己與貞美的共通點，那就是很有親和力。我們是在大學一年級認識的，拿最近的詞彙來形容貞美的話，她以前是個酷酷的孩子，很少看到她放聲哈哈大笑或碎碎念的模樣。而我則是個臉皮很薄的孩子，四個人以下的時候雖然很多話，但只要人一多就會安靜地閉上嘴，和四個人以上一起吃飯時也很不自在。這樣的我們在三十四年後一起去參加團體旅遊，變成了超有親和力的無敵歐巴桑。能跟所有從十八歲到六十八歲的團員都很要好，也只有我們而已。

還有一項共通點，那就是喜歡走馬看花地逛逛觀光景點之後，坐在露天咖啡廳喝點啤酒，享受那種氣氛。同樣五十幾歲的三姊妹小隊則正好相反，她們就像大學生考察隊一樣，一心想要多去幾個地方體驗看看，充實地度過了自由時間。雖然也很羨慕她們的感情，但我更羨慕的是那份熱情與體力，她們絲毫沒有疲倦的神情。如果我們倆其中一個人是像三姊妹的旅行風格，就會稍微出現內鬨了吧？幸好兩個人體力都很虛弱。

我認為作為旅伴的最高品德就是樂觀的心態。如果一個人在家時是個連中二病患者都自嘆不如的悲觀之人，在旅途上除了自己以外也會毀掉其他人的旅行，因此不知道該說是樂觀的心態，還是犧牲精神才好，總之一定要具備謙讓的精神。女兒青春期的時候，每次一起去旅行我都氣得咬牙切齒，對她說：「我下次再跟這個人來旅行我就改姓。」會這麼說也是因為我處於人生最負面的時期，感到疲倦的緣故。

我和朋友當然也有不合的地方，舉個小小的例子來說，朋友喜歡走在最前面，我則喜歡走在後面，因此剛開始時我們總是一起緊緊跟在領隊後面，等到熟悉旅行後，才依照各自的喜好行動。我一個人悠閒地走在後面時，一名團員向我攀談道：「妳朋友每次都走在最前面耶！」我說：「對啊，她上課的時候也都坐在教室最前面。」對方說：「她果然很會讀書。」即使過了五十歲，會讀書的孩子還是看得出來的。我朋友以前是個遇到申論考試會把螢光筆、釘書機、膠水等用具帶來的孩子。在我一張都寫不出來、氣喘吁吁的時候，她每題都已經寫了各兩張，也裝訂完成，還用螢光筆上了色。凡事都差百分之二的我，正在和如此完美的朋友一起旅行。朋友擔心吊兒郎當的我會把護照弄丟，打從一開始就要我交給她保管。她的先見之明實在厲害，事實上我在來的前一天就把錢包弄丟了。

在小學的社會課上，老師像在講述科幻小說一般說道：「到了一九八〇年代，全國會成為一日生活圈，在首爾吃早餐、在釜山吃午餐的日子即將到來。」在團體旅遊時，我久違地回想起當時聽到的「一日生活圈」這個詞彙。一天之內去兩個國家根本不足為奇，在斯洛維尼亞吃完早餐後，去一趟德國遊覽貝希特斯加登（Berchtesgaden）的鹽礦山，再到奧地利的薩爾斯堡吃午餐，另一天則在捷克吃早餐、在斯洛伐克吃午餐，接著在德國吃晚餐，這就是全歐洲的一日生活圈。有人說團體旅遊只能代表自己有來這些國家踩點而已……雖然也可以這麼說，不過這個行程有很多自由時間，所以比較沒有感覺到團體旅遊的死板。

我去奧地利就迷上了奧地利，去匈牙利就迷上了匈牙利，去斯洛伐克就迷上了斯洛伐克，去捷克就迷上了捷克。因此當我被問到哪個國家最棒的時候，我感到十分苦惱，雖然經過一番思考後選擇了捷克，但那或許是因為我越往後走，就忘記了前面去過的國家，要是倒著走的話，我可能會說是奧地利。這就和被問到比較喜歡媽媽還是爸爸，會想要回答「爸媽」的心情一樣。每到一個國家，每到一個城市，我都不由得發出讚嘆。

不管去哪個國家，我一定會順道拜訪的地方就是教堂。撇開宗教不談，教堂既是優美的建築物，也是該國的歷史，更是藝術品。所到之處都讓我忍不住因其風采而發出「哇」的聲音。然而，十天以來不停走遍教堂之後，漸漸地少了讚嘆，取而代之流瀉而出的是「又是教堂啊」的喃喃自語。因為我走馬看花的遊覽方式，回來看照片時，除了幾個地方以外，我都不知道叫什麼名字、是哪個國家的教堂。我印象最深刻的是奧地利的薩爾斯堡大教堂和聖史蒂芬大教堂，在那之後記憶就全部混雜在一起了。要是觀光客來韓國旅遊時去寺廟巡禮的話，大概也是相似的心境吧？這間跟那間差不多吧。

據說薩爾斯堡大教堂是莫札特進行洗禮的地方，位於維也納的聖史蒂芬大教堂則是莫札特舉行葬禮的地方。漂亮的購物街糧食胡同（Getreidegasse）

上有莫札特的故居，抬頭還可以看到薩爾斯堡要塞。奧地利到處都是莫札特、莫札特，還有克林姆、克林姆，莫札特和克林姆是即便死後，依然餵養著奧地利的優秀祖先。

望著聖史蒂芬大教堂，在眼前的廣場咖啡廳大白天就喝著啤酒，令人不勝感嘆。漫步於過去只能在網路上看到的哈爾施塔特（Hallstatt），簡直像作夢一樣。哈爾施塔特擁有世界上最早的鹽礦山，整個村莊不愧是被列為世界文化遺產的地方，就連流動的水、一塊小石頭、一撮空氣都宛如圖畫般美麗。

哈爾施塔特是在旅程第三天去的，當時我第一次向團員們搭話。雖然僅知道彼此旅伴的關係和年齡，但團員們的身分也算是漸漸被公開了。儘管我在出發前原本不打算發問，也不打算透露個人資訊，但也許就像姜鎬童說的一樣：「一起吃過飯，就是一家人了。」於是我詢問了一下彼此的年齡，我跟朋友的年齡剛好在正中間。

這是我第一次去西方，也是第一次去團體旅遊，所以興奮到簡直能夠舉起地球，然而在過了一半以後，又稍微冷卻了下來。我想起了貞夏，也想起了大樹，變得憂鬱了起來，這是我內心許久未見的黑暗。

是的，我本來就是個陰暗的人，時隔幾十年，我才在異國醒悟到這個事實。正好在前往布拉格的路上，心中下起了猶如往黑暗裡注入墨水般的雨。我在YouTube上看著前一天Guckkasten在濟州島的表演，碰巧濟州島也下著滂沱大雨，和落在捷克高速公路上的雨一樣。

河鉉雨淋著暴雨唱著歌，透過耳機傳來涼爽的雨聲，捷克的雨景配上濟州島的雨聲，真是夢幻。儘管憂鬱，卻也是非常幸福的時光。領隊播了連續劇《布拉格戀人》給我們看。對了，我就是看了那部連續劇才會嚮往布拉格。我曾經希望有朝一日可以去一次看看，但沒想到會是以這樣的形式來到這裡。看著已故的主人翁金柱赫先生，胸口凝聚的黑暗化作眼淚滴落了下來。每當我看到虛幻的死亡，就會產生一種矛盾：自己應該要加倍努力生活，抑或要盡情享受當下呢？但我認為，把滿滿的工作拋諸腦後，去東歐旅行的決定是正確的。

再度歸來我的座位

因為我從未搭過比去日本還久的飛機，所以很擔心十二個小時要怎麼過。要是潛藏在我體內的幽閉恐懼症發作，突然感覺像是脖子被勒緊般發悶，我會不會在海上說「讓我下去」呢？我是那種光是搭乘市內公車都會暈車的體質，怎麼能每天長時間坐巴士呢？連帶小狗散步都會體力不支的人，一個人跟團會不會掉隊呢？就跟《花漾爺爺》裡白一變先生的角色一樣。食物又該怎麼辦呢？純韓食派的我能吃上十天的西式料理嗎？

在出發前，我的腦海宛如品項多樣的煩惱百貨商店，但實際去了之後，我在飛機上大吃大喝著為我們準備的飛機餐和飲料，睡覺、跟朋友聊天、讀書、看電影、看電視，愉快地度過了十二個小時。東歐的巴士實在是太舒適了，別說是暈車，就連做那些我準備有空就要做的翻譯都沒問題。後來我看著譯稿，才發現自己把領隊說的有趣故事都記在了角落。長途巴士旅行一點也不無聊，即使要說旅程中最快樂的時光其實是坐巴士的時候也不為過。無論走了多少路，體力都十分充沛（我可是直到出發前一天還為了頸椎間盤突出跑去看外科的人），食物也意外地容易入口，所以吃得很飽。在回來之前，我還把以防自己想念韓國食物所以當作緊急存糧帶去的泡麵和辣椒醬交給了領隊。在韓國，我經常因為胃痛而服用胃腸藥或食道炎藥物；由於嚴重的乾眼症，即使點了人工淚液眼睛依然刺痛，可是在那裡，我不曾發生過胃痛，也從未出現過乾眼症，沒有任何不舒服的地方。甚至在旅行了十天後最後一天，我的身體還達到了最佳狀態，大概是因為我一天三餐吃得飽、睡得好、走很多路、曬很多太陽、不看筆電和手機、看了許多藍天綠樹的緣故。我回到家後過了幾天，又開始出現胃痛、眼睛刺痛、肩膀酸痛、頭痛的症狀。伴隨著迎接我的熟悉病痛，開始了我隱約幸福又不規則的生活。看來我在上年紀之前，還要勤奮、認真地工作，再去趟長途旅行才行。

後記
麻煩又幸福的翻譯人生

我的日常總是如此，雖然很忙但又很無聊，有時候連一封郵件、一則KakaoTalk訊息都不會收到，因為不喜歡所以也不太會接電話。有些人會一邊感到抱歉地說「您一天之內應該收到非常多郵件吧」一邊寄信過來，但沒有這回事，我一天頂多只會收到五封與工作相關的郵件。畢竟我是個天生的宅女，而且職業又是成天喊著截稿日的翻譯，所以人際關係比較貧乏。比起準備出門的麻煩，孤獨好多了吧；比起因為壞事而接到通知，手機保持安靜好多了吧；雖然沒有令人興高采烈的事，像昨天一樣無聊、沒有大事發生的今天好多了吧。希望明天也是像今天一樣無聊的日子、希望下個月也能像這個月一樣平淡無奇，我抱持著這樣的想法過著每一天。無論如何，我的性格和職業都不會發生改變，這就是最適合宅女的思考方式。也許這就是從毫無存在感的童年開始，以自我的生存方式運作的幸福迴路。

我有在經營一個小小的部落格，某天，我突然好奇別人要怎麼拜訪這個猶如深山泉井般的部落格，於是看了一下入口關鍵字。我為了不讓別人拜訪，大部分時間都設定成不允許被搜尋到，不過偶爾如果發現了好書，剛好又有人對這麼好的書感興趣的話，那麼我就會出於讓他們拜訪我的部落格也無妨的想法，設定成開放搜尋。當天看到的入口關鍵字是「何謂幸福」，大概是因為這句話和當時出版的翻譯書有關。會搜尋「何謂幸福」的人，是因為現在很幸福嗎？還是不幸福呢？抑或是有作業要他們調查「何謂幸福」呢？來我的部落格應該是找不到答案的，上當了吧！

話說回來，部落格的問候留言板上經常出現「您看起來非常幸福」的字句。雖然我絕非不幸，但也沒有那麼幸福到讓人羨慕的地步。雖然說這是我喜歡做的事，但整天待在家裡翻譯，哪有什麼幸福呢？大概是被我亂七八糟的煩惱寫成了愉快悲鳴的文字所欺騙了。

某天，貞夏一臉憂鬱地說：「別人看起來都很幸福，好像就只有我不幸福。」每個人活著應該都有過這種想法，尤其是二十幾歲前途茫茫的時候。我在二十歲時也像默背主禱文一樣，在心裡反覆叨唸著這句話。所以當女兒抱怨她不幸福時，我輕描淡寫地說道。

「對於其他人來說，妳看起來也很幸福呀，別人看起來本來就都很幸福。」

但其實了解之後，你會發現別人也不幸福。人生又不是躁症[1]，怎麼可能一直是幸福的呢？不過是彼此幸福的時期不同而已，只是自己幸福的時候不會去看別人，導致彼此交錯罷了。寫完這篇文章後，我在Naver[2]上搜尋了「何謂幸福」，它說「幸福是人生的終極目標」。什麼啊，人生從何時開始非得有這種目標不可了。那麼，就從現在開始也好，要不要來幸福一下呢？啊，雖然有點麻煩。

1 躁症的病徵為情緒異常亢奮、愉悅且精力充沛。

2 在韓國使用率最為普及、最大的入口網站，相當於台灣常用的Yahoo奇摩。

譯者後記

菜鳥譯者VS.老鳥翻譯家的對話

我踏入翻譯這行還是不久之前的事，看到權南姬老師近三十年的專業資歷，以及她累積的作品數量與文字水準，像我這樣的菜鳥譯者，她簡直是雲上偶像般的存在。在聞到自己渾身「菜味」的同時，也讓我不免好奇，如果有幸在往後的人生裡持續從事翻譯，甚至成為像作者這樣的「老鳥翻譯家」，那麼我的生活與心境，又會變成什麼模樣呢？

我走進翻譯這條路的時間稱不上長，「人生」這套實境遊戲也才玩到二十好幾，還有太多沒能親自挑戰的關卡，不過在本書裡對譯者日常的諸多描寫，我感觸最深的是權南姬老師反覆拿來描繪自己的一個字：「宅」。

在科技發達的現代社會，舉凡一切的人際溝通都可以透過網路上的魚雁往返來解決，對於在家上班的全職譯者而言，從試譯、簽約到交稿，在工作上更幾乎找不到什麼非出門不可的事。即使在文字書信裡相談甚歡，也不知道對方究竟長得是圓是扁，就連與自己緊密相連、最值得依賴的工作夥伴——編輯大人——在長期互動過程中也很少有「一面之緣」。因此在譯者的身旁，絕大部分時間都只有一本書和一台電腦，要是截稿期迫在眉睫，還會把自己關進小黑屋瘋狂趕稿，拒絕一切的外在干擾與人際往來。

不過，從另一個角度來看，譯者的「單方面社交」經驗可說是非常豐富。因為翻譯一本書動輒數個月的時間裡，譯者需要與作者一步步磨合，習慣對方的敘事方式、用字和語調，努力踩在相同的頻率上，與作者達成意識上同步，最後在另一個語言的思考架構下發聲，所以經常會產生一種奇妙的情感連結：「你不認識我，但我了解你。」就這樣跨越時空，搭上了線，在不為人知的所在對話。如此特殊的親密關係，也在本書中被身為老鳥翻譯家的權南姬老師描繪得淋漓盡致。

閱讀說到底，其實是一種窺視他人思想的活動，透過接觸作者筆下的文字，讀者得以觀察作者的個性，也可以試圖拼湊出作者的思維樣貌。當然要百分之百掌握一個人的想法，是不可能的，但是當我們讀得愈仔細、理解得愈透徹、咀嚼得愈細緻，拼湊出來的形象就有愈高的機率趨近於真實，而譯者理應是那個最忠實的讀者，不然就沒辦法好好完成為作者「代言」的任務了。

雖然同樣身為文字內容的產出者，名字被印在一本書的封面上，甚至還有獨立的個人簡介欄位，不過與作家相比，譯者這個身分並不會受到太多的關注，也為這個職業的現實生活增添了一抹神祕感。相信許多讀者在看書的時候，應該也鮮少注意到譯者來自何方，只有手上這本翻譯書的文筆讀起來怎麼這麼差的時候，才會特意找出譯者的名字開罵吧（笑）。

一想到不能夠砸了自己（當然還有作者）的招牌，身為譯者就會想要有所堅持，在截稿日前反覆琢磨，一字一句斤斤計較，除了力求精準傳遞語意，也希望可以帶給讀者流暢的閱讀體驗。正是由於這份執著，加上「完全責任制」的工作型態，因此譯者的時間雖然自由，但是忙起來時可真是沒完沒了，與「三天兩頭遊山玩水」的愜意形象根本沾不上邊。最常在譯者日常生活中真實上演的，反倒是足不出戶一整天坐在電腦前敲打鍵盤的單調場景，就連家人都怕你悶出病來，替你感到擔心。不過就像權南姬老師說的，無論外人眼裡怎麼看，只要找到適合自己的生活方式，哪裡還有不堅持下去的理由呢？

日韓文譯者　李煥然

MI1038

雖然血淚，我還是喜歡翻譯：

我的書桌、女兒、老狗，還有那些療癒我的日本大作家

귀찮지만 행복해 볼까

作　　者❖權南姬（권남희）
譯　　者❖李煥然
封面設計❖張　巖
內頁排版❖張彩梅
總 編 輯❖郭寶秀
特約編輯❖王詩雯
責任編輯❖力宏勳
行銷業務❖許芷瑀

發 行 人❖凃玉雲
出　　版❖馬可孛羅文化
10483台北市中山區民生東路二段141號5樓
電話：(886)2-25007696
發　　行❖英屬蓋曼群島商家庭傳媒股份有限公司城邦分公司
10483台北市中山區民生東路二段141號11樓
客服服務專線：(886)2-25007718；25007719
24小時傳真專線：(886)2-25001990；25001991
服務時間：週一至週五9:00～12:00；13:00～17:00
劃撥帳號：19863813　戶名：書虫股份有限公司
讀者服務信箱：service@readingclub.com.tw
香港發行所❖城邦（香港）出版集團有限公司
香港灣仔駱克道193號東超商業中心1樓
電話：(852)25086231　傳真：(852)25789337
E-mail：hkcite@biznetvigator.com
馬新發行所❖城邦（馬新）出版集團【Cite (M) Sdn. Bhd.(458372U)】
41, Jalan Radin Anum, Bandar Baru Seri Petaling,
57000 Kuala Lumpur, Malaysia
電話：(603)90578822　傳真：(603)90576622
E-mail：services@cite.com.my
輸出印刷❖前進彩藝股份有限公司
初版一刷❖2021年6月
定　　價❖340元

ISBN 9789865509941
ISBN 9789865509934（EPUB）

城邦讀書花園
www.cite.com.tw

國家圖書館出版品預行編目（CIP）資料

雖然血淚，我還是喜歡翻譯：我的書桌、女兒、老狗，還有那些療癒我的日本大作家／權南姬著；李煥然譯. -- 初版. -- 臺北市：馬可孛羅文化出版：英屬蓋曼群島商家庭傳媒股份有限公司城邦分公司發行，2021.06
面；　公分. --（MI；1038）
ISBN 978-986-5509-94-1（平裝）

1.翻譯

811.7　　110007428